JN039297

痛いのは嫌なので防御力に極振りしたいと思います。
［著］夕蜜柑
［イラスト］狐印
15
ペイン
Payne's STATUS
Lv134
HP 1235/1235
MP 635/635
[STR 230]
[VIT 230]
[AGI 200]
[DEX 80]
[INT 80]

白熱する大規模対抗戦にて——
「勝てるように頑張るよ！」

「守り切れるというならやってみせろ」

「危ない時は私が弾く。信じて」
「うん、分かった」
絶体絶命のピンチにて――

痛いのは嫌なので防御力に極振りしたいと思います。

15

[著] 夕蜜柑
[イラスト] 狐印

口絵・本文イラスト
狐印

装丁
AFTERGLOW

CONTENTS

All points are divided to VIT.
Because
a painful one isn't liked.

0850 1048 4070 7603

NewWorld Online STATUS

GUILD 楓の木

NAME メイプル Maple

LV 74

HP 200/200 MP 22/22

PROFILE

最強最硬の大盾使い

ゲーム初心者だったが、防御力に極振りし、どんな攻撃もノーダメージな最硬大盾使いとなる。なんでも楽しめる真っ直ぐな性格で、発想の突飛さで周囲を驚かせることもしばしば。戦闘では、あらゆる攻撃を無効化しつつ数々の強力無比なカウンタースキルを叩き込む。

STATUS

STR 000 VIT 20430 AGI 000
DEX 000 INT 000

EQUIPMENT

- 新月 skill 毒竜(ヒドラ)
- 闇夜ノ写 skill 悪食 / 水底への誘い
- 黒薔薇ノ鎧 skill 滲み出る混沌
- 絆の架け橋
- タフネスリング
- 命の指輪

SKILL

シールドアタック 体捌き 攻撃逸らし 瞑想 挑発 鼓舞 ヘビーボディ
HP強化小 MP強化小 深緑の加護
大盾の心得X カバームーブV カバー ピアースガード カウンター クイックチェンジ
絶対防御 極悪非道 大物喰らい(ジャイアントキリング) 毒竜喰らい(ヒドライーター) 爆弾喰らい(ボムイーター) 羊喰らい(シープイーター)
不屈の守護者 念力(サイコキネシス) フォートレス 身捧ぐ慈愛 機械神 蠱毒の呪法 凍てつく大地
百鬼夜行I 天王の玉座 冥界の縁 結晶化 大噴火 不壊の盾 反転再誕 地操術II
魔の頂点 救済の残光 再誕の闇

TAME MONSTER

Name シロップ 高い防御力を誇る亀のモンスター

巨大化 精霊砲 大自然 etc.

oints are divided to VIT. Because a painful one isn't liked

elcome to "NewWorld Online"

NewWorld Online STATUS

GUILD 楓の木

NAME サリー Sally

LV 77

HP 32/32 MP 130/130

PROFILE

絶対回避の暗殺者

メイプルの親友であり相棒である、しっかり者の少女。友達思いで、メイプルと一緒にゲームを楽しむことを心がけている。軽装の短剣二刀流をバトルスタイルとし、驚異的な集中力とプレイヤースキルで、あらゆる攻撃を回避する。

STATUS

STR 150 VIT 000 AGI 190

DEX 045 INT 060

EQUIPMENT

深海のダガー 水底のダガー

水面のマフラー skill 蜃気楼

大海のコート skill 大海

大海の衣 死者の足 skill 黄泉への一歩

絆の架け橋

SKILL

疾風斬り ディフェンスブレイク 鼓舞

ダウンアタック パワーアタック スイッチアタック ピンポイントアタック

連撃剣Ⅴ 体術Ⅷ 火魔法Ⅲ 水魔法Ⅲ 風魔法Ⅲ 土魔法Ⅲ 闇魔法Ⅲ 光魔法Ⅲ

筋力強化大 連撃強化大

MP強化大 MPカット大 MP回復速度強化大 毒耐性小 採取速度強化小

短剣の心得Ⅹ 魔法の心得Ⅲ 短剣の極意Ⅴ

状態異常攻撃Ⅷ 気配遮断Ⅲ 気配察知Ⅱ しのび足Ⅰ 跳躍Ⅴ クイックチェンジ

料理Ⅰ 釣り 水泳Ⅹ 潜水Ⅹ 毛刈り

超加速 古代ノ海 追刃 器用貧乏 剣ノ舞 空蝉 糸使いⅩ 氷柱 氷結領域

冥界の縁 大噴火 水操術Ⅶ 変わり身

TAME MONSTER

Name 朧 多彩なスキルで敵を翻弄する狐のモンスター

瞬影 影分身 拘束結界 etc.

0557 4654 3729 1094

NewWorld Online STATUS

GUILD 楓の木

NAME クロム Kuromu

LV 92

HP 940/940 MP 52/52

PROFILE

不撓不屈のゾンビ盾

NewWorld Onlineで古くから名の知られた上位プレイヤー。面倒見がよく頼りになる兄貴分。メイプルと同じ大盾使いで、どんな攻撃にも50%の確率でHP1を残して耐えられるユニーク装備を持ち、豊富な回復スキルも相まってしぶとく戦線を維持する。

STATUS

STR 145 VIT 200 AGI 040

DEX 030 INT 020

EQUIPMENT

- 首落とし skill 命喰らい
- 怨霊の壁 skill 吸魂
- 血塗れ髑髏 skill 魂喰らい
- 血染めの白鎧 skill デッド・オア・アライブ
- 頑健の指輪
- 鉄壁の指輪
- 絆の架け橋

SKILL

刺突 属性剣 シールドアタック 体捌き 攻撃逸らし 大防御 挑発

鉄壁体制

防壁 アイアンボディ ヘビーボディ 守護者

HP強化大 HP回復速度強化大 MP強化大 深緑の加護

大盾の心得X 防御の心得X カバームーブX カバー ピアースガード マルチカバー

カウンター ガードオーラ 防御陣形 守護の力 大盾の極意X 防御の極意X

毒無効 麻痺無効 スタン無効 睡眠無効 氷結無効 炎上耐性大

採掘Ⅳ 採取Ⅶ 毛刈り 水泳Ⅴ 潜水Ⅴ

精霊の光 不屈の守護者 バトルヒーリング 死霊の泥 結晶化 活性化

TAME MONSTER

Name ネクロ 身に纏うことで真価を発揮する鎧型モンスター

幽鎧装着(アーマード) 衝撃反射 etc.

oints are divided to VIT. Because a painful one isn't liked

elcome to "NewWorld Online"

NewWorld Online STATUS

GUILD 楓の木

NAME イズ Iz

LV 76

HP 100/100 MP 100/100

PROFILE

超一流の生産職

モノづくりに強いこだわりとプライドを持つ生産特化型プレイヤー。ゲームで思い通りに服、武器、鎧、アイテムなどを作れることに魅力を感じている。戦闘には極力関わらないスタイルだったが、最近は攻撃や支援をアイテムで担当することも。

STATUS

【STR】045 【VIT】020 【AGI】105
【DEX】210 【INT】085

EQUIPMENT

- 鍛冶屋のハンマー・X
- 錬金術士のゴーグル skill 天邪鬼な錬金術
- 錬金術士のロングコート skill 魔法工房
- 鍛冶屋のレギンス・X
- 錬金術士のブーツ skill 新境地
- ポーションポーチ
- アイテムポーチ
- 絆の架け橋

SKILL

「ストライク」「広域撒布」
「生産の心得X」「生産の極意X」
「強化成功率強化大」「採取速度強化大」「採掘速度強化大」
「生産個数増加大」「生産速度強化大」
「状態異常攻撃Ⅲ」「しのび足Ⅴ」「遠見」
「鍛冶X」「裁縫X」「栽培X」「調合X」「加工X」「料理X」「採掘X」「採取X」「水泳X」「潜水X」
「毛刈り」
「鍛冶神の加護X」「観察眼」「特性付与Ⅶ」「植物学」「鉱物学」

TAME MONSTER

Name フェイ アイテム製作をサポートする精霊

「アイテム強化」「リサイクル」etc.

All points are divided to VIT. Because a painful one isn't
Welcome to "NewWorld Online"

2128 0779 2864 5999

NewWorld Online STATUS

GUILD 楓の木

NAME カスミ Kasumi

LV 88

HP 435/435 MP 70/70

PROFILE

孤高のソードダンサー

ソロプレイヤーとしても高い実力を持つ刀使いの女性プレイヤー。一歩引いて物事を考えられる落ち着いた性格で、メイプル・サリーの規格外コンビにはいつも驚かされている。戦局に応じて様々な刀スキルを繰り出しながら戦う。

STATUS

STR 210 VIT 080 AGI 120

DEX 030 INT 030

EQUIPMENT

身喰らいの妖刀・紫 桜色の髪留め

桜の衣 今紫の袴 侍の脛当

侍の手甲 金の帯留め

絆の架け橋 桜の紋章

SKILL

一閃 兜割り ガードブレイク 斬り払い 見切り 鼓舞 攻撃体制

刀術X 一刀両断 投擲 パワーオーラ 鎧斬り

HP強化大 MP強化中 攻撃強化大 毒無効 麻痺無効 スタン耐性大 睡眠耐性大

氷結耐性中 炎上耐性大

長剣の心得X 刀の心得X 長剣の極意Ⅷ 刀の極意Ⅸ

採掘Ⅳ 採取Ⅵ 潜水Ⅷ 水泳Ⅷ 跳躍Ⅶ 毛刈り

遠見 不屈 剣気 勇猛 怪力 超加速 常在戦場 戦場の修羅 心眼

TAME MONSTER

Name ハク 霧の中からの奇襲を得意とする白蛇

超巨大化 麻痺毒 etc.

oints are divided to VIT Because a painful one isn't liked

elcome to "NewWorld Online"

NewWorld Online STATUS

GUILD 楓の木

NAME カナデ Kanade LV 66

HP 335/335 MP 250/250

PROFILE

気まぐれな天才魔術師

中性的な容姿の、ずば抜けた記憶力を持つ天才プレイヤー。その頭脳ゆえ人付き合いを避けるタイプだったが、無邪気なメイプルとは打ち解け仲良くなる。様々な魔法を事前に魔導書としてストックしておくことができる。

STATUS

STR 015 VIT 010 AGI 125

DEX 080 INT 205

EQUIPMENT

- 神々の叡智 skill 神界書庫
- ダイヤのキャスケット・X
- 知恵のコート・X
- 知恵のレギンス・X
- 知恵のブーツ・X
- スペードのイヤリング
- 魔道士のグローブ
- 絆の架け橋

SKILL

魔法の心得Ⅷ 高速詠唱

MP強化大 MPカット大 MP回復速度強化大 魔法威力強化大 深緑の加護

火魔法Ⅶ 水魔法Ⅵ 風魔法Ⅹ 土魔法Ⅴ 闇魔法Ⅲ 光魔法Ⅷ 水泳Ⅴ 潜水Ⅴ

魔導書庫 技能書庫 死霊の泥

魔法融合

TAME MONSTER

Name ソウ プレイヤーの能力をコピーできるスライム

擬態 分裂 etc.

NewWorld Online STATUS

GUILD 楓の木

NAME マイ Mai

LV 60

HP 35/35 MP 20/20

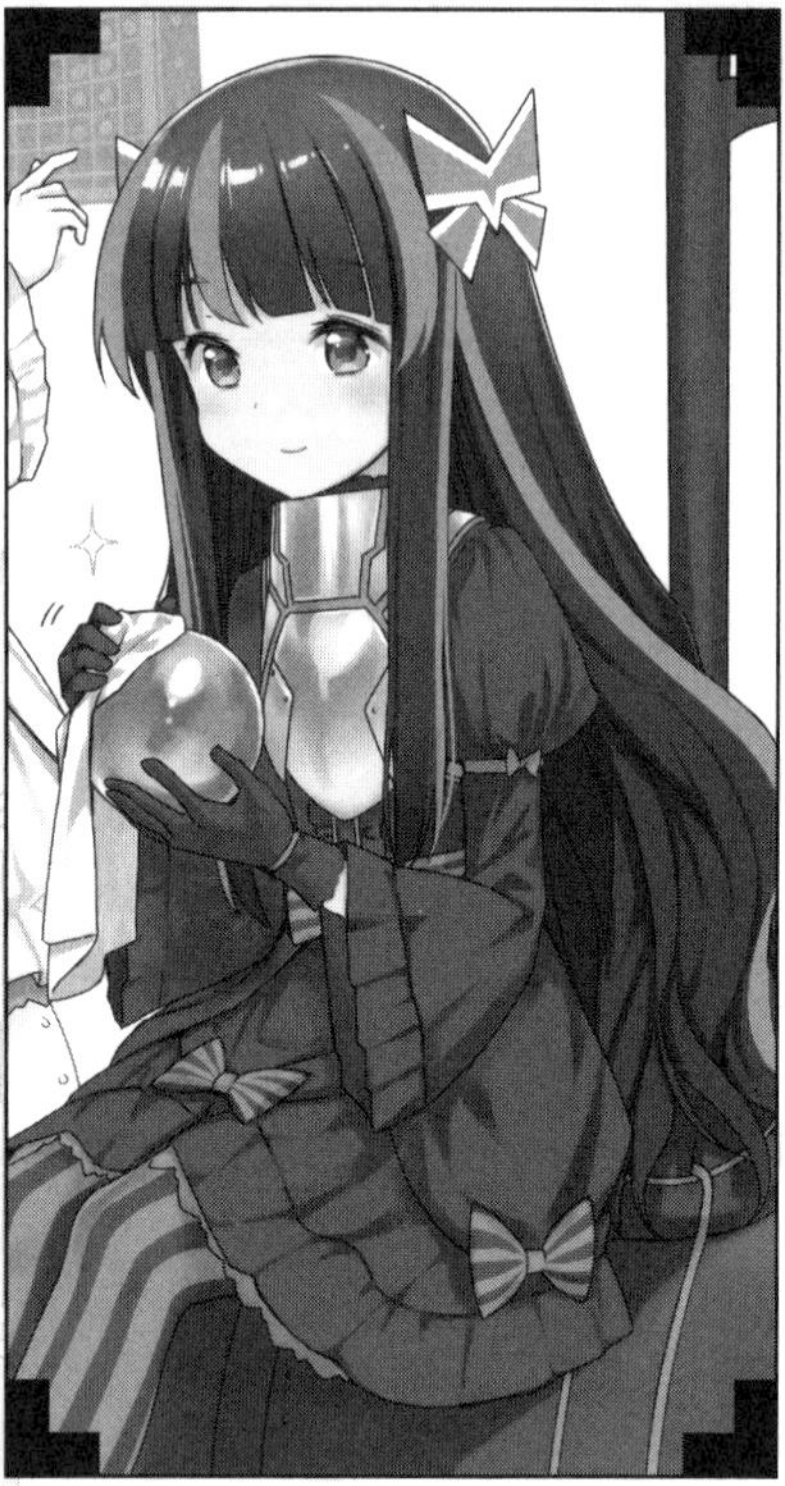

PROFILE

双子の侵略者

メイプルがスカウトした双子の攻撃極振り初心者プレイヤーの片割れ。ユイの姉で、皆の役に立てるように精一杯頑張っている。ゲーム内最高峰の攻撃力を持ち、近くの敵は最高八刀流のハンマーで粉砕する。

STATUS

STR 530 VIT 000 AGI 000

DEX 000 INT 000

EQUIPMENT

破壊の黒槌・X

ブラックドールドレス・X

ブラックドールタイツ・X

ブラックドールシューズ・X

小さなリボン シルクグローブ

絆の架け橋

SKILL

ダブルスタンプ ダブルインパクト ダブルストライク

攻撃強化大 大槌の心得X 大槌の極意I

投擲 飛撃

侵略者 破壊王 大物喰らい（ジャイアントキリング） 決戦仕様（デストロイモード） 巨人の業

TAME MONSTER

Name ツキミ 黒い毛並みが特徴の熊のモンスター

パワーシェア ブライトスター etc.

NewWorld Online STATUS

GUILD 楓の木

NAME ユイ　Yui　Lv 60

HP 35/35　MP 20/20

PROFILE

双子の破壊王

メイプルがスカウトした双子の攻撃極振り初心者プレイヤーの片割れ。マイの妹で、マイよりも前向きで立ち直りが早い。ゲーム内最高峰の攻撃力を持ち、遠くの敵は特製鉄球のトスバッティングで粉砕する。

STATUS

STR 530　VIT 000　AGI 000
DEX 000　INT 000

EQUIPMENT

- 破壊の白槌・X
- ホワイトドールドレス・X
- ホワイトドールタイツ・X
- ホワイトドールシューズ・X
- 小さなリボン
- シルクグローブ
- 絆の架け橋

SKILL

「ダブルスタンプ」「ダブルインパクト」「ダブルストライク」
「攻撃強化大」「大槌の心得X」「大槌の極意I」
「投擲」「飛撃」
「侵略者」「破壊王」「大物喰らい（ジャイアントキリング）」「決戦仕様（デストロイモード）」「巨人の業」

TAME MONSTER

Name ユキミ　白い毛並みが特徴の熊のモンスター

「パワーシェア」「ブライトスター」etc.

ll points are divided to VIT. Because a painful one isn't
Welcome to "NewWorld Online

第十回イベント陣営紹介

※一日目昼　終了時点

炎と荒地の国

GUILD【集う聖剣】

GUILD【楓の木】

VS

水と自然の国

GUILD【炎帝ノ国】

GUILD【ラピッドファイア】

GUILD【thunder storm】

プロローグ

水と自然、そして炎と荒地、大きく二つのエリアに分けられた九層にある二つの国。

始まった第十回イベントは二つの国のどちらかに所属し、王城の最奥の玉座に先に到着することを目指すものだった。

メイプル達が選んだのは炎と荒地の国。この陣営選択によって【集う聖剣】を味方とし、【炎帝ノ国】【thunder storm】【ラピッドファイア】と対立することとなった。

久しぶりの対人戦、メイプルも勝ってみせると意気込む中、各所で起こる少数戦は索敵に優れたウィルバートとリリィが支配し、集団戦ではダメージを無効化するスキルでは防げないミィの切り札【黎明(れいめい)】を使った超広範囲攻撃が被害を拡大させる。

思うようにいかない中、それでもメイプル達は奇襲と他プレイヤーの支援に奔走していた。そこへやってきたモンスターの凶暴化、放っておけば自陣まで突撃してくるモンスターの対処を迫られた両陣営がフィールドの中央で激突する。

ペインの聖剣を耐え凌(しの)ぎ、ベルベットの【雷神の槌(トールハンマー)】とミィの【黎明】がメイプル達を襲うものの、メイプルとサリーによってその危機を脱し、メイプルの新たな切り札【再誕の闇(やみ)】が戦況をひっくり返す。

プレイヤー、モンスター。あらゆる味方を餌として異形を生み出すこのスキルによって構築された化物による戦線は敵に撤退を余儀なくさせた。

起こるは激しい追撃戦。サリーがシンを倒し、メイプルがミザリーを倒す一方、ベルベットとヒナタがお返しとばかりにドレッドとドラグを打ち倒す。犠牲者も多数出る中、リリィの好判断によってミィ達は撤退に成功し追撃戦は痛み分けといった形で幕を閉じる。

それぞれの切り札を切り合った大規模な集団戦は、これしかないというようなお互いの対応によって、イベントの勝敗を決める一戦とまではいかず、やがてフィールド内は奇襲と策略が左右する夜へと移り変わっていくのだった。

一章　防御特化と毒の雨。

両陣営に被害を出した大規模戦闘。心身共に疲れの溜まったプレイヤー達は再度無理に攻め入ろうとはせず、しばらくの間ゆっくりとした時間が過ぎて、やがて太陽は地平線に沈んでいく。

「メイプル、どう？」

「大丈夫！　ゆっくり休んだよ！」

王城の中、シェフに用意してもらったデザートを食べ終えたメイプルは準備万端なようだ。

「夜になったら出るよ。【集う聖剣】の方にも連絡してある」

「うん！　上手くいくといいなあ」

「予想はしにくいはず。メイプルのそれ、正確に理解している人はいないと思うから」

夜。奇襲と少数戦が活発になる時間帯。今回の作戦の中心は、サリーではなくメイプルのようだ。

メイプルのあまりにも派手なスキル群は通常奇襲には適していないように思えるが、今回のメイプル達には何か策があるようである。

「俺達はしばらくは待機だな」

「ええ、また様子見からね」

戦闘を繰り返すうちにプレイヤーの数は減っている。さらに夜になったことで隠れて移動しやすくもなり、敵が自陣に入り込んだことに気づきにくい状況だ。

敵陣に向けて攻撃に出れば、その分防衛に戻るまでに時間を要する。攻めているうちに王城に到達されていては元も子もない。

敵プレイヤーを的確に倒しつつも、基本は防衛に力を注ぐ。夜を乗り切るためには攻守のバランスが求められるのだ。

「もし外に出る必要があっても単独行動はできる限り避けないとね」

「ああ、一人では対処できないことも増える」

特にマイとユイは奇襲を受けてはひとたまりもない。援軍として外に出るのも要注意というわけだ。

「メイプルさん、サリーさん！　頑張ってくださいね！」

「でも、気をつけて……！」

「うん、任せて！　サリーもいるし大丈夫！」

「頑張るよ。【不屈の守護者】が使えるようになるまでは特に」

出撃を控えて、休息をとっていた【楓の木】。八人がいる部屋の扉がゆっくりと開いてそこからひょこっとフレデリカが顔を出す。

「お疲れー。どう？　準備できてるー？」

「大丈夫！　いつでもいいよ！」

「じゃあそろそろかなー。日も沈むしー」

夜闇に紛れて奇襲を仕掛けるため、メイプルとサリーはギルドメンバーに別れを告げて部屋を出ていく。

「よーし、頑張るぞー！」

「うんうん。メインはメイプルなんだから、しっかりねー」

メイプルはそのまま王城を出てシロップを呼び出すと、三人で協力して大きな黒い布で手足と頭が出るようにシロップを包み、その背に乗った。

「上へ参りまーす！」

メイプルの掛け声と共にシロップの体が浮き上がり、そのまま真上へ昇っていく。

「よかったー。マイとユイにやってもらってた感じで飛ぶんだったらどーしよーって」

「今回は急ぐ必要ないからね」

ゆっくりと高度を上げるシロップは雲を突き抜けて、次第に夜に染まる空、その高度の限界まで辿り着いた。

「うわー、たかーい……高所恐怖症じゃなくてよかったー」

「落ちないようにね！」

落ちて生きていられるのはメイプルくらいのものだ。そんな危険な高さまで来た三人は、そのまま夜空を敵陣へ向かって進んでいく。どこまでも続く空に目印はないが、マップがあれば迷うこともない。

「これは気づきにくいはず」

「布もあるしねー」

シロップを包む黒い布は移動中に見つかりづらくするためのものだ。遥か下から見た時に夜空と同化するその姿を捉えることは難しい。

雲もあるこのフィールドではそもそも地上から確認などできるものではない。あくまでこれは念のため、万一の備えだ。

奇襲を仕掛ける都合上、相手に全く認識されていないことが何より重要なのである。


そうして移動を続けるメイプル達は、敵に気づかれることのないまま敵陣地上空までやってきた。

「そろそろだね。フレデリカ」

「はいはーい、ノーツ出番だよー！」

フレデリカは呼び出したノーツが頭の上にちゃんと乗っていることを確認してスキルを発動する。

「【ソナー】！」

波紋のように広がるエフェクトはノーツを中心として一定距離内の存在を把握できる。メイプルの【身捧ぐ慈愛】同様、上下の距離に制限がない優れものであるため、ここからでも地上を索敵範囲に含められるのだ。

「いるねー」

「ほんと便利だねそれ。で、どれくらい？」

「固まって十人かなー？」

「メイプル、やってみよう。実験する気でさ」

「分かった！」

「じゃあこっちもやるよー？　ノーツ、【ボリュームアップ】！」

フレデリカがノーツに命じるとメイプルにバフがかかる。効果はスキルや魔法の範囲拡大だ。フレデリカはさて何をする気なのかとメイプルを見守る。

「【アシッドレイン】！」

「【クリエイトウォーター】！」

空中に紫の魔法陣が展開され、地面に向けて毒の滴がしとしとと降り注ぐ。

それに合わせてサリーが生み出した青い魔法陣がただの水を生み出して、それを雨のように降らせる。全てがただの雨だと思ってもらえるように。

地面を湿らせるそれが、毒であると気づくには時間がかかることだろう。

「……それだけー？」

「そ、これだけ。まあ実験も兼ねて、ね。メイプルの毒の威力はよく知ってるでしょ？【毒竜】

撃つと流石(さすが)にバレちゃうしね」

「それはそうだけどー」

思ったより地味なものだと、フレデリカは肩をすくめる。

「町に降らせるかは考え中。バレたら逃げられなそうだし」

「ウィルバートなら見つけてきそうだしねー」

呑気(のんき)に話すそんな中、地面を濡(ぬ)らす雨が触れたものを時に即死させる劇毒中の劇毒であることをフレデリカは知らない。

毒系統の攻撃スキルに即死効果を付与するスキル【蠱毒の呪法】。広範囲に降り続く死の雨が、より多くのプレイヤーを葬ることを願って。

今夜の天気は雨時々毒。ところにより死人あり。

こうしてメイプル達は雨を降らせながら敵陣地を移動していくのだった。

地面を覆う水と立ち並ぶ氷の柱。夜の闇の中、集まったプレイヤー達。辺りを警戒しつつ、目指すは敵陣営だ。
「近くには……誰(だれ)もいないな」

「流石にここまでは来てないだろう。ちょっとリスクが高すぎる」

「まあ、俺達はそのリスクの高い行動をしにいくわけだが」

彼らが狙っているのは敵陣地に忍び込んでの奇襲攻撃だ。故に気付かれないよう警戒しつつ、フィールドを移動しているのだ。

「再確認しておくぞ。囲まれるようなことになる前にきっちり退却。ただ、やると決めたら一瞬で落としきれるようにオールインだ」

「オーケー」

「大丈夫だ」

集中力を研ぎ澄ませて、士気も高まる中。ぽつりぽつりと、空から雫が降ってきて足元の水たまりに波紋を広げる。

「雨か」

「おー、降るんだな。知らなかった」

「らしいっちゃらしいな」

水と自然に溢れた国。あちこちに小川が流れ、水が使われた地形が豊富なこのエリアでは、雨が降ってきてもそう不自然ではなかった。

油断。と言うには酷なその納得は、不幸にも、降ってきているものが実際は何なのかを認識するのを妨げた。

パリン。闇の中に高い音が静かに響く。

「ん……？」

不審に思って先頭を行くプレイヤーが振り返る。

最後尾。一人足りない。

「おい、どこ行った？」

「し、死んだ……？　いや……」

全員が警戒していたのだ。何かが飛んできたのなら気づけるはずだ。

ざわつく中、パリンと音を立てて目の前で一人が消滅した。

「……っ！」

「て、撤退だ！」

得体のしれない何かによる、原理も不明、発生元も不明の攻撃が行われていることだけは分かった今、とにかくここを離れなければならない。

「走れ！　走れ！」

「訳わかんねえ！　どっからだ⁉」

パリン、パリン。振り返らずに走る中、誰かが消えていく音がする。

敵プレイヤーかどうかも分からないため、迎撃することもできず。ただ逃げに徹して雨の中を走っていく。

彼らは優秀で、メイプル対策も当然万全だった。麻痺と毒を無効化し、耐性を下げるスキルがあっても対応できるようアイテムも準備した。

だが、その【毒無効】によってただ毒を与えるだけの【アシッドレイン】の効果を受けなくなったことは、攻撃されているという事実を曖昧にした。

静かに降る死の雨。その真実には気づけない。メイプルが毒を使うことを知っていても、いつの間にかそれが即死効果を持つものに変容していることはまだ知られていないままなのだから。

そうして雨を降らせるメイプル達。天上に居座る迷惑極まりない雨雲は、一帯に毒を撒き終えてゆっくりと離れていく。
「なーんか地味だったねー。メイプルが出るって言うからもーっと派手なのを期待してたけどなー」
「ごめんね？」
「あはは、別にー。楽に倒せるならそれに越したことはないしー。でも、本当に倒せてるんだよねー？」

「まあ、それは神のみぞ知るって所かな？」

「目の前で見てないもんね……」

実際は成果があるものの、ノーツの【ソナー】も再使用まで時間がかかるため、状況は正確に把握できていないのだ。

「ならメイプルがいることはバレちゃうだろうけど、一回どこかでもうちょっと強烈にやる？　その後は即撤退で」

「いいねー。やっぱり目に見えた成果欲しいしー」

「じゃあどこにしよう？」

「フィールドに出た時に一時拠点にしそうな場所をメモしておいたから、そこでフレデリカに索敵してもらおう」

そこならプレイヤーがいる可能性が高く、被害も期待できるだろう。

そうして三人が向かったのは周りの地面に薄く氷が張っているエリアだ。

上を歩くと音が鳴って敵の接近を告げるため、休息を取るにはちょうどいい。

「ノーツ【ソナー】！　……おー、本当にいるねー」

「運がいいな。他にも休めるような所はあるから」

「じゃあメイプルやっちゃってー」

「うん！　まず準備からだね！」

そう言うとメイプルは【救いの手】を装備し、二枚の盾を足場にしてそこに乗る。

「【全武装展開】！」

「フレデリカ。数と範囲、強化できる？」

「勿論。まー、やるのはノーツだけど！」

「オッケー、じゃあメイプルに掴まるよ」

二人して糸でメイプルに固定されたことで、帰り方を理解し、フレデリカは渋い顔をする。

「この移動おかしいってー……」

メイプルはシロップを指輪に戻すと下に片手を向けた。

「いくよ！」

「んー……はいはーい！　ノーツ！」

腹を括ったフレデリカはメイプルにきっちりしがみついてノーツに指示を出す。

「【毒竜】！」

「ノーツ【伝書鳩】！　【ボリュームアップ】【輪唱】【増幅】！」

ノーツがメイプルにバフを届けると、放たれた毒竜はその首を倍に増やして、さらに巨大になって広範囲を毒に沈める。

雨というにはあまりに強烈なそれは、まるで突然滝壺に叩き落とされたかのように、一瞬にしてプレイヤーを飲み込み押し流していく。

その広範囲の毒沼が人を生きて帰すことはないだろう。なにせメイプルの毒は特別製なのだ。素早く準備を済ませ攻撃したため、【ソナー】の効果も残っており、フレデリカには減っていくプレイヤーが確認できていた。

「おー……毒耐性なかったのかなー？」

「じゃあ帰るよ！」

「うわー、そうだった……！」

「【身捧ぐ慈愛】！」

メイプルは自爆により発生する爆炎から二人を守って、一気に自陣方向へと吹き飛んでいく。高度は十分。墜落しつつもかなりの飛距離を稼ぐことができるだろう。

「着地はー⁉」

「そんなのある訳ないでしょ！　どこかの地面にそのままっ！」

「やっぱりこれ移動手段にしてるのおかしいよー！」

ギャーギャーと喚くフレデリカの声が空に響く。それでも、この高さでは敵に聞こえることもない。

時を同じくして、遠くの敵陣から見えた流星。空を横切る光が、爆発して炎上し、高速で墜落するメイプルだとは誰も気づかないだろう。

であれば追撃もしようがない。毒沼はメイプルのいた証拠にはなるだろうが、気づいた時には既にメイプルは町の中だ。

こうして確かな爪痕を残して、三人は町へ向かって落ちていくのだった。

◆□◆□◆□◆□◆

メイプル達が夜空に流れる星となっていたその頃。敵陣営の町の中では、毒の雨が降っていることなどまだ知らないまま、メイプル達がそうだったようにそれぞれが休息をとっていた。

そんな中でも、イベント前から話し合って作戦を立てていた【thunder storm】と【ラピッドファイア】は、この後のことも話しつつ、次の出撃タイミングを合わせるつもりで時間を過ごしていた。

「……こうして黙っていると、印象も違うけれどね」

リリィの正面には先程まで戦場に雷を落とし、プレイヤーを殴り飛ばして屠っていたのと同じ人物とは思えない落ち着いた様子のベルベットが座っている。

「そうでしょう？　ふふ、見直しました？」

「黙っていなくとも話し方がそれなら。と訂正しておこう」

何気ない細かな所作からは確かな育ちの良さが感じられるが、何をどう間違ったら拳で戦うインファイターになるのかとリリィは不思議そうだ。

「ベルベットさんは落ち着かないといけない時はよくこうするんです」

「外面(そとづら)から作る……ということなのでしょうか」

「まあ確かに、これなら先頭切って突撃してはいかなそうだけどね」

落ち着いて休めているなら何でもいいと、現実世界でのあれこれを必要以上に聞くことはせず、リリィは用意した紅茶を飲む。

「ふぅ、日も沈んだことだ。どこかでウィルとフィールドに出たいところだね」

「ベルベットさんはどうしましょうか」

「予定通りだと……」

「はい、私は待機ですね……ちょーっとだけ。ほんの、ちょーっとだけ行きたいっすけど！」

「おっと、本性が出てきたね」

どう見てもちょっととは見えないその様子にリリィは苦笑する。とはいえ、後方支援を主とするリリィとウィルバートや【重力制御】によって移動のほとんどをベルベットに任せているヒナタと違い、一日走り回ったうえハードな戦闘も多かったベルベットの疲労は大きいものだ。

大事な場面で動きが鈍るようなことがあってはならない。

「外が騒がしいですね……？」

「何かあったのでしょうか……」

ウィルバートとヒナタは扉の向こうから何やら慌てたような声が聞こえてくるのに気付いた。

「ウィル、見に行ってみよう。奇襲の可能性もある」

「ヒナタ、ヒナタ！」

「はい。でも……無理はしないでください」

四人で揃って外へ出ると、そこでは数人の男達が錯乱した様子でギルドメンバーに事の顛末を語っている最中だった。

「分かんねえ。外で突然どっかから攻撃されたんだ……」

「よければ私達も聞かせてもらっていいかな」

「ああ、勿論だ！」

そうして改めて詳しく内容を聞くと、それがいかに対処しにくいものかが分かってくる。

「なるほど。聞かせてくれてありがとう。私達もフィールドに出る時には気をつけることにするよ」

「そうしてくれ。ああ……酷い目にあった」

疲れた様子で去っていくプレイヤー達に別れを告げて、四人は聞いた内容を整理する。

「地中、もしくは上空からの攻撃だと思いましたが、リリィは？」

「同意見だね。どうにも突然の雨が怪しい。どちらかというと空かな」

死人が出る前にあった分かりやすい変化は雨だ。当然、空から降っていたものが実際は雨でない可能性もある。

「それに！　もう一つ気になることがあったっすよ！」

戦闘の気配に、もう落ち着いて休んでいる場合ではないと、戦闘モードに完全に切り替わっているベルベットは、もう一つの違和感について指摘する。

「攻撃されたのにダメージエフェクトがない……ということですよね」

ダメージエフェクトが出ない。これはおかしなことだ。

たとえばウィルバートが遠距離から狙撃によってプレイヤーを撃ち抜いたとする。プレイヤーはひとたまりもないだろうが、着弾と同時に激しいダメージエフェクトが噴き上がるはずだ。

プレイヤーを一瞬で葬る攻撃とはそういうものである。

「即死効果かな。かなり珍しいし、私もプレイヤーが使っているのはほとんど見たことはないが」

リリィの見たことがあるスキルも効果の強力さと引き換えに、射程や範囲がかなり制限されているものだったため、今回のケースには当てはまらない。

ただ、即死であればダメージエフェクトを出さないという条件には当てはまる。

「気づいたら攻撃されていた。ということがないようにしないといけませんね。こうなってしまうと、流石(さすが)に仕方ありませんか……」

ウィルは少し顔を顰(しか)める。その理由はリリィだけが分かっていた。

「ああ、頼むよ。より広範囲を索敵する必要がある。念のため、頼めるかい？」

「ええ。すぐそこまで来ていたのは事実ですし、まだ隠れて待っている可能性もあります」

「ならやろう。いくぞウィル【休眠】」

リリィはスキルを使い、少しして対応するスキルである【覚醒(かくせい)】によって宣言前の状態に戻した所でウィルバートに問いかける。

「どうだい？」

「……いませんね。問題なさそうです」

「むむ、それテイムモンスターを呼ぶときのスキルっすよね！」

「とっておきだからね。秘密兵器さ」

「【休眠】……その後【覚醒】ということは今もいるはずです、けど……？」

姿は見えないうえ、リリィでなくウィルバートに効果があるらしく。二人はどういうバフなのかと首を傾げるしかない。

それでも、この状況である。嘘をついてはいないことは確かだ。本当に索敵は済んだのだろう。

「さて、索敵は済んだ。ふむ、どこかで二人の相棒も見たいものだね」

リリィ達のテイムモンスター以上にベルベットとヒナタのそれは謎に包まれている。何せ見た者は一人もいないというのだから。

「機会があれば、って感じっす！」

「期待しておくよ」

さて、仕掛けられたからにはこちらも仕掛けなければならないと、リリィ達は策を練る。

生き残ったプレイヤー数も重要になるため、やられっぱなしでいるわけにはいかないのだ。

そうして、次の戦いを待ち、夜はさらに深まっていくのだった。

二章　防御特化と間一髪。

ガシャンと音を立てて地面に激突した黒い塊は、破片をばら撒きながら勢いよく転がっていく。光り輝く地面の上に残骸が散乱する中、元の形が分からなくなった塊はようやく勢いを失い、やがて砂煙を巻き上げつつ停止する。

「とうちゃーく！」

「奇襲してる最中よりよっぽど疲れたかもー」

「ま、特に何もなく無事帰ってはこれたね」

黒い塊の正体はメイプルだった。爆発の勢いで遥か上空を移動するメイプルを追撃してくるプレイヤーなど当然存在せず、狙い通り自陣王城周辺への墜落に成功したのである。

「流石に追ってきてはないかなー」

「流石にね」

「一旦中まで戻る？」

「うん。そのつもり。メイプルはまたどこかで上手く攻撃に参加してほしいな。同じやり方ならフレデリカと一緒に」

「またコレで帰るのはなしだからねー」

「フレデリカが派手にやりたいっていうからさ？」

「地味なのも悪くない。うんうん、思い直したかもー」

今度は穏便にやることにしようと、フレデリカは一人頷く。敵に見つかって追撃を受けるような派手な戦闘を起こさなければ、シロップに乗ってゆっくり帰ってくることができるだろう。

「じゃあ戻ろっか！　もし狙われてたら大変だし！」

「そうだね。どんなときも油断は禁物」

三人は急いで町の中へと戻っていく。メイプルの自爆の腕も上がったもので、より正確に目的地付近に落下するコツを掴んだことで町まではそうかからなかった。

「ふー……お疲れー。やっぱりあの高さまで行けるのはいいねー、ノーツも大きくなれるようにならないかなー」

「……ならなそう」

「何だか想像できないかも」

「普段はレイに乗せてもらうからいいけどねー。もっと本格的に戦う時はまた言って。バフならいくらでもかけるからー」

「うん！」

「その時は【集う聖剣】全体と足並みを合わせてかな？」

「そうだねー。その方が私もやりやすいしー」

三人は一応空に何か不審物が浮かんでいないかを確認しつつ、王城の方へと歩いていく。自分達がしたことを相手がしてこないとは言えない。

ベルベットとヒナタにも、リリィとウィルバートにも、そしてミィとマルクスにも飛行能力があることはすでに確認済みだ。最も警戒している三つのギルドには上を取って攻撃してくる可能性が存在する。

そして同時に、それらのプレイヤーは単騎でも広範囲に大きな被害をもたらすことができる。来ないと思っているより、来るかもしれないと思っている方が慌てず対応できるというものだ。

「夜はこのまま時々攻めたりって感じになるのかなあ」

「それで済むなら楽だけどね」

「どうかなー。ベルベットなんかはいつ突っ込んできてもおかしくないタイプだしー」

戦闘を続けた昼。そして休息に入っているプレイヤーが増えた夜。互いに何もせず防衛をメインにして町に篭(こも)れば大きく状況は動かないだろう。だが、疲労や暗闇(くらやみ)、プレイヤー数の減少を攻め時とみて一気に攻勢に出るギルドがあれば、再び大きな戦闘が起こりうる。

「そうなると夜は周りが見にくい分、支援は難しくなるかなー」

「確かにそうかも……」

「それでも相手がやるっていうなら戦うしかないからね。メイプルも準備だけはしておいて」

「うん！　分かった！」

仕掛けられれば、応戦するしかない。そうでなければ一方的に被害が出るのはこちらになる。

「だから仕掛けられるくらいなら、状況を整えてこっちから仕掛けたい。ほら、さっきの奇襲もこっちが有利な状況から一気に攻め切ったでしょ？」

「うんうん」

「でも、それを考えるとやっぱりウィルバートが嫌だよねー」

「そう。だからどこかで」

「何とかして倒さないとねー」

まだウィルバートがどこかにいる。そのプレッシャーは強烈だ。フレデリカなどは、察知できなければ一瞬で撃ち抜かれて倒されてしまうだろう。

「できるかなあ……」

「そこまで防御が硬いわけじゃないだろうから、近づければね」

「それが難しいんだけどさー」

どうやら常時発動しているらしい異常な広さの索敵能力はノーツよりもさらに強力だ。あの目があれば先に仕掛けることも、接近に気づいて離れることも思いのままなのだから。

「何とか考えてみる。もっと現実的ないい案をね」

「ふーん」

「頼りにしてるよサリー！」

「任せて」

少なくとも一つは思いついているのかと、フレデリカは既にある案とやらが気にはなった。しかし、サリーの言い方から、それが相当ハイリスクで実行を躊躇（ためら）うものであると察し、特に深く聞く必要はないかと聞き流す。

「いい案があったら教えてねー。んー、勝率80％くらいの？」

「欲張りだね？」

「そー？」

「でもそれくらい上手くいくなら嬉（うれ）しいよね！」

今回は上手くいった。次も上手くいくように頑張ろうと二人を鼓舞してメイプルは少し早足で二人の隣を歩いていく。

「んー、確実に勝つ方法か……」

サリーは歩きながら考える。

当然、そんなものがないことは分かっていた。サリーの持つ幻影を操るスキルを相手が把握できていなかったように、相手にもこちらが把握できていないスキルがあるだろう。

それは戦闘から絶対の二文字を消失させる。

そもそもデスまで追い込むためには、相手が撤退せず、最後まで戦闘に付き合ってくれなければならない。

そのためにはこちらが何らかのリスクを負うこと。今戦うことで相手が有利を得られると思えるだけの餌。それが必要だ。

サリーには一つ心当たりがあった。それでも、それはサリーには選べない策だ。

「ま、考えておくから、メイプルはゆっくり待っててよ」

改めてメイプルにそう言うと、サリーは背後にそびえる壁の外へ意識を向ける。

敵が今最も撃破したい対象。そして狙うべき相手。【不屈の守護者】がないメイプル。

日を跨ぐまで、安全に。それがベストだ。

いかに強力なプレイヤーでも城の中までは踏み込めない。

逆ならまだしも、サリーにはメイプルを囮にしてリスクのある作戦を実行することなどできないのである。

「じゃあメイプルは一旦休んでて」

「はーい！」

メイプルを王城の最奥に送り届けたサリーは、部屋の扉を閉めてこれで一安心と一息つく。

敵の攻撃がいかに強力だとしても、王城を破壊してメイプルを倒すのは不可能だ。

「町が戦場になるのはまだ先のはず」

外壁、城下町、そして王城。そのいずれにも耐久値は設定されている。

最終決戦。門、さらには外壁を破壊して町に雪崩(なだ)れ込む。そうやって攻め込むのが自分達であることを望むばかりだ。

「上手くいったようだな」

「あ、ペインさん」

ペインにはフレデリカから報告があり、先程の奇襲について戦果は共有済みだ。

「見つかってはいないはずです。誰(だれ)がやったか察しはついていると思いますが」

「ああ。最後に【毒竜(ヒドラ)】を使ったと聞いている。あれほどの毒を生成するプレイヤーは一人だけだ」

「この後はどうですか？」

「難しいところだ。休息に入っているプレイヤーが多い。大人数での戦闘はそうそう起こらないだろうし、出撃しても戦果を得られないことが多くなるのは間違いない」

無理に出撃してもいたずらに疲労が嵩(かさ)むばかりである。敵が動かないのであれば、こちらも派手に動く必要はない。

それでも出撃するとなれば、それは何か明確な目的を持ってのことになる。

「私もスキルによる索敵はできないので、効率よくとなるとフレデリカが必要になりそうで」

フレデリカもあちらこちらへ、多くの戦場に参加している。疲労を感じさせずいつもと変わらない調子だが、休むタイミングは必要だ。

「ドレッドがいれば夜も仕掛けられると考えていたが、難しくなった。特にシャドウのスキルは替えが利かない。【楓の木】は？」

「正直なところ、迎撃メインが望ましい……と思っています。こっちはメイプルが万全でないので」

「こちらとしてもここで倒れられては困る。分かった、無茶な戦闘はできるだけ減らし相手の動きを牽制する方向で行こう」

「助かります」

普段通りのメイプルであれば【機械神】による自爆飛行で戦場に駆けつけることができるが、【不屈の守護者】なしでは駆けつけた先での戦闘に不安が残る。

そうして、方針も固まったところで、廊下に並ぶ窓のガラスを強烈な光が照らした。

それは遠くに輝く雷光。ここ、炎と荒地の国のモンスターの属性は雷と火、地形もそれにならってあちこちでマグマが噴出し雷が駆け巡っているのが普通だ。

しかし。

「ペインさん」

「……ああ、見に行こう」

違和感。それが地形によるものではないような感覚。周期、方向、地形に関しても全てを把握できてはいないため確信はできないが、自然発生したものでないならそんなことをするのは一人だけ。

メイプルが毒沼を残すように、このゲームには雷を残すプレイヤーがいる。

「レイ、頼む」

サリーとペインは素早く外に出るとレイに乗って空を行く。

「仮に【thunder storm】だとしてわざわざ派手にやる必要はないはずだが」

「はい。それに、もしそうなら相当速い。どうやって……？」

「罠かもしれない。最悪の場合レイに庇わせる。安全重視だ」

「分かりました」

ヒナタがドラグとドレッドを閉じ込めたスキル【隔絶領域】の効果も完全に把握できていない。誰をどう閉じ込めるか分からないため、戦闘において個人で完結していて、かつトップクラスの強さの二人だけで行くことがリスク軽減になる。

ペインもサリーも一撃なら耐えられるスキルを持っている。

一度のミスなら問題はない。

リスクは減らせるだけ減らして、様子を見る必要があるのだ。

場合によっては大軍が迫っている可能性すらあるのだから。

危険を感じ次第即撤退。そのつもりで二人は外壁へ向かって空を移動するのだった。

外壁を越えて少し飛んだところで、レイはゆっくりと高度を下げていく。

「ヒナタは飛んでいる敵を落とすことができるので……念のため、お願いします」

「ああ、落とされては動きも制限されるからな」

地面に降りた二人が辺りを見渡すも、そこには荒地が広がるばかり。所々に大きめの岩があり、隠れられる場所はあるものの、現状敵の気配はない。

「降りるところを待ち構えていた……というわけでもないようだ」

「ですね。矢の一本や二本飛んでくるかと思いましたけど」

【ラピッドファイア】がいる可能性も考慮しながら、ペインとサリーは警戒しつつ、周囲の確認を開始した。

ベルベットとヒナタはその能力の影響範囲と引き換えにとにかくエフェクトが派手だ。二人を倒すために接近してきたなら気づかないはずはない。

となれば警戒すべきはウィルバートだ。索敵能力を活かしての奇襲が得意な彼であればついてきていてもおかしくはない。

サリーの【氷柱】も使いつつ、できる限り敵陣方向からの射線を切って辺りを確認するものの、二人が目にした雷光を最後にフィールドはいつもの様子に戻っていた。

「……いない、か？」

「大軍がいるような雰囲気はないですね」

「どこかに潜んでいる可能性はあるが……これ以上進んでもキリがないな」

「はい。町の周りを重点的に確認して戻りましょう……嫌な感じではありますけど」

いるかもしれない。だがそれを確かめるために敵陣方向にどこまでも進んでいく訳にはいかない。最低限、町の近くに大軍が迫っていないことが分かれば十分だ。

「どう思う？」

「どこかにいる、とは思います。ただ、積極的に戦うためではないような……」

サリーがメイプルとフレデリカと共に毒による奇襲をした時のように、ある程度の戦果を得て帰るつもりなのか、あるいは昼間イズを送り込んで爆弾を設置した時のように、何かしらのトラップを設置しにきているのか。

実際にいたという痕跡(こんせき)を掴(つか)まなければ、全ては推測でしかない。

「雷もちょうど俺達が見ていた瞬間だったから気づいたといった面もある。派手に見えたが、あくまで奇襲の予定なのかもしれない」

「ああ……それはありそうですね」

今回のフィールドにおいては雷鳴も雷光も、聞こえたからといって特段警戒するものではないのだ。屋内にいて音だけが聞こえたとして、違和感を覚えるプレイヤーは少ないだろう。

「念のためしばらく警戒を続けようと思う。ギルドメンバーに連絡を入れて、交代で少し様子を見る」

仮に近くまで来ているとして、長く敵陣内にいることはリスクが高い。疲労も無視できないだろう。しばらく待ってみて大きな動きが見られないならこちらも休めばいい。

町が近いため、こちらの方が容易に人数を割くことができるのも有利な点だと言える。

「こっちも連絡しておきます。数は多い方がいいですし、皆いてくれると頼もしいので」

「それは助かる。どうにも敵の動きが読めない」

二人はそれぞれギルドメンバーに指示を出すと、背後から攻撃されることのないよう、警戒に警戒を重ねてその場を後にするのだった。

その頃、メッセージを受け取った王城内。
「おっと……こりゃあ……」
「早速不穏な気配といったところか」

大きなテーブルを囲んでイズの並べた食事を取った後、そのまま休んでいた【楓の木】の面々にサリーからのメッセージが届いたのだ。

「サリーもよく気づくね。僕だったら見逃してたかも」

「カナデなら普段と違うって言いそうな気もするわ」

「そうかな？」

「でも、どうしましょう？」

「本当に来ていたら……」

「ペインさん達だけに頼るのも悪いし……うん！　私達も行こう！」

「オーケー。メイプルがそう言うなら異論はない。ただ、誰が行くかはちょっと考えがある」

珍しくクロムがそう言うと、メイプルはその考えを聞いてみなければと耳を傾ける。

「ここは俺が出る。メイプルにはまだしばらく無理をさせたくない。俺なら運が良ければ何回ミスっても問題ないしな」

クロムはメイプルと違ってもしもの時に前線に素早く駆けつけることはできない。

戦闘が起こるとして、先に戦場にいるべきなのはどちらか。それは明白だ。

「なら私がついていこう。一対多となるとマイとユイはクロムが守りきれない場面が増える。辺りが暗闇なら尚更だ。それに……」

カスミは周りにいるメンバーの顔をチラッと見ると少し苦笑する。

「他の面々はあまりにも替えが利かないからな」

イズのアイテムもカナデの魔導書も他のプレイヤーでは真似できない。メイプル達極振り組は尚更だ。

「陣営として勝ちを目指すんだ。なら、こういう危ない役回りは任せてくれ。つってもそうそう死んではやらないからな？」

「危なくなったなら力を借りる。まずは私達で様子を見る」

「……分かりました。お願いします！　気をつけてくださいっ！」

メイプルのクロムとカスミへの信頼。それを言葉から確かに感じ取ると、二人はリスクを承知で王城から出ていくのだった。


クロムとカスミは外壁近くまで来たところで、ペインとサリーの二人がいるのを見つけた。

「早かったですね」

「できる限り急いで来た。で、状況は？」

「今のところ動きはない……しかし動きがないのはそれはそれで不気味だ」

「外壁上は……ウィルバートがいた場合危険か。ハクに守ってもらえば外に出ることもできるがどうだろう？」

「無理に出なくてもいいんじゃねえか？　攻めてくるならこの壁がある」

クロムは目の前の外壁をコンコンと叩く。この壁の耐久値は相当なものだ。強力なスキルが多少命中したとしてもびくともしない。

流石に何者かが壁を破壊しようとしていれば気づくことができる。敵の動きを見てからの出撃でもこの位置なら十分間に合うだろう。

「そっちはどうなんだ？」

「俺の方も援軍を呼んである。戦闘というよりは索敵を得意としているプレイヤー達だ」

噂をすれば。外壁を目指して、それぞれのテイムモンスターに乗って夜の町を移動するプレイヤーの集団が四人の元へやってきた。

「おお！　素早く移動できるってのはいいな。索敵とも噛み合ってて」

残念ながら今のところ、ネクロは身に纏っても高速で移動できるような形態になってはくれない。

「助かります。私達は確実な索敵があまり得意ではないので」

サリーの索敵能力は驚異的だが経験によるもので、スキルによる索敵とは訳が違うのである。確実な情報を知りたい時、ノーツの【ソナー】のようなスキルに軍配が上がるのだ。

「層の厚さは流石【集う聖剣】といったところだな」

大規模ギルドらしい強さを感じて、ここは任せようと、カスミはハクを呼ぶ準備をして待機する。

「ペインさん、ここで一回索敵かけておきますか。壁向こうにいる可能性もありますし。俺が使ってもまだ残りもあるんで」

複数人が同じように索敵スキルを持っているためクールタイムを待たずとも交代しながら辺り一帯を調べきることができる。

それでもいないなら、いない。それで終わりだ。

「ああ、頼みたい」

「【範囲拡大】【広域探知】！」

効果範囲を強化しつつ、エフェクトがパッと弾ける。瞬間。辺りの情報が使用者に伝わり、彼は慌てて空を見上げた。

「え……上っ⁉」

その声と同時、天を照らす強烈な雷光。大地を焦がす稲妻の柱が即座に天地を繋がんとする。

「【守護者】！【精霊の光】！」

轟音。前すら見えない光の柱が全員を包み、辺りの建物に凄まじいダメージを与えていく。

そんな中、クロムは素早い反応によって全員を庇うと、受けるはずのダメージを無効化することでこの一撃を凌ぎ切る。

光が収まった中、少し離れた場所に雷を纏ってヒナタを連れたベルベットが着地する。

「流石っす！　やっぱり、メイプルだけじゃないっすね！」

「驚いたぜ！　そのまま突っ込んでくるかよ！」

「この場所で、なお勝算があるというのか？」

空からの奇襲に止まらず、敵陣ど真ん中に二人で飛び込んできたベルベットとヒナタに驚きつつクロムとカスミは武器を構える。

「逃すつもりはない」

ペインも意思は同じだ。この場から無事逃げ帰ることを許す気はないと、戦闘態勢に入る。

「逃げる？　こっちは、ここで終わらせる気で来たっすよ！」

「はい。こちらこそ、逃がしません」

サリー達の想像以上に撤退の意思のない攻め。辺りに拡散する冷気と激しくなる雷の雨が避けられない戦闘の始まりを告げている。

「ペインさん」

サリーが短くそう発する。

ペインも意図は分かっていた。

「ああ、逃げないというのなら倒すまで」

ここで倒し切れるなら大きな有利を手にできる。大き過ぎるリスクには代償を。敵陣営でもトップクラスの脅威であるあの二人をここで討つのだ。

「いくっすよ！　全力で！」

再度強まる雷が空から降り注ぐと共に、ペイン達はベルベットに向かって走り出した。

目の前の通りをベルベットに向かって駆け出すペイン、サリー、カスミ。

降り注ぐ落雷がさらに激しさを増して近くの建物が破壊される中、三人はその雷の雨の中へ突っ込んでいく。

危険は承知の上。そうすることでしかベルベットは倒せないのだ。

「【紫電】！」

突き出した拳（こぶし）から電撃が迸（ほとばし）る。それは飛び出した三人の後方、【集う聖剣】の面々に襲いかかる。

「させるかよ！　ネクロ【幽鎧装着（アーマード）】！」

クロムは恐れることなく、電撃を遮るように立ちはだかると大盾でしっかりと攻撃を受け止めて無効化する。

「三人の後方支援頼む！　抜けてくる電撃くらいなら俺が守ってやれる！」

「助かる！」

彼らも落ち着きを取り戻し、それぞれが魔法で攻撃しつつ、索敵も再開する。

「……周りには敵反応なしだ！」

「オーケー。なら目の前に集中するか！」

クロムは改めて盾を構え直してベルベットとヒナタを見据える。粘っていれば他のプレイヤーもやってくるはずだ。一対多に強いベルベットとヒナタの性質上、それでも楽に勝てはしないだろうが戦闘場所の優位はこちらにある。

「あの三人には追いつけねえしな！」

前方では三人がそれぞれベルベットの雷の雨の中を駆け抜けていくところだった。

「【八ノ太刀・疾風】！」

「【守護ノ聖剣】！」

カスミは【ＳＴＲ】と【ＩＮＴ】を低下させるかわりに加速することで、ペインは強力なダメージカットと盾によるガード、大量のパッシブスキルにより底上げされたステータスで、そしてサリーは純粋な回避力によって苛烈な嵐を突破する。

「やるっすね！　……ヒナタ！」

「……【星の鎖】！」

「【退魔ノ聖剣】！」

避ける動きがほとんどない分、最速で範囲内に入り込んだペインを地面から伸びる鎖が拘束する。

がしかし、直後振るわれた聖剣は鎖を斬り払い、即座にその効果を解除する。

ただ、その一瞬を利用してベルベットは距離を取り直すことはできた。

「そうそう無視はできないはずだ。違うか？」

「そうですね……その通りです」

対象を指定しての拘束はサリーにとっての強烈なカウンターだ。ヒナタもそれは分かっている。

だが、まるで射程を完璧に把握しているかのように、いつまでも射程ギリギリを位置取るサリー

のためにスキルを取っておけるほど、残り二人からのプレッシャーは小さくはないのだ。

「ペイン！」

「ああ！」

カスミはペインに呼びかけて、二人同時に接近する。一つ一つ、ヒナタのスキルを削り取ってサリーを本格的に参戦させる必要がある。

「ならこっちも行くっすよ！　【エレキアクセル】【疾駆】！」

駆け出したカスミに合わせてベルベットが今度はヒナタを体から離して後方に待機させ、スキルで加速しつつ前へ出る。

「【心眼】！」

カスミは正確に雷の落ちる場所を把握すると、無駄のない動きで一気に接近する。

「【脆き氷像】【重力の軋み】」

ヒナタから防御力を下げるスキルが降りかかるが、カスミは構わずベルベットに斬りかかった。

「【六ノ太刀・焔】！」

「【パリィ】【渾身の一撃】！」

「それくらいならっ！」

ベルベットの右ストレート。【心眼】によって事前に察知した軌道から体を反らして避けると、一度振り下ろした刀を撥ね上げ、目の前のベルベットを斬りつける。

「っ、やるっすね！」

ダメージエフェクトを散らすベルベットにペインが迫る。体勢を立て直し、ベルベットは前を向く。

「今だ！」

最後方からのクロムの声。それに合わせて大量の魔法が放たれる。

「【氷壁】【氷柱】！」

ヒナタによる咄嗟の防御。魔法こそ堰止められたものの、ペインは止まらない。

「レイ、【光の奔流】」

「【極光】！」

輝きを増すペインの聖剣を見て、ベルベットは強烈な雷を体の周りに呼び寄せる。光り輝く地面から白い柱のように電撃が空に昇り、ペインの接近を拒絶せんとする。

「構うものか！」

「っ⁉」

「【聖竜の光剣】！」

降り注ぐ雷にも焼かれ、さらにダメージを受けながらもペインは聖剣を振り下ろす。ベルベットにも負けない光の奔流が雷の柱を斬り裂いて、ベルベットに迫る。

「【超加速】！　【電磁跳躍】！」

それでも。ベルベットは攻めに転じた。加速して前に踏み出すことにより、ペインの一撃をすれ違うように回避するとそのまま一気に距離を詰める。

「【鉄砲水】！」

「っ、サリー！」

自分から完全に意識が逸れたその瞬間。サリーはそれを待っていた。

飛び込もうとした所を噴き出す水によって妨害されたベルベットはそのまま体勢を崩す。雷の雨は残っているが、ペインとサリー相手では効果的ではない。

「【超加速】！」

加速したベルベットに追いつくためにペインとサリーが加速する。

これで対等。ベルベットが距離を取り、立て直すには時間が足りない。


こうしてサリーとペインは言外にある意図を匂わせる。

さあ、使えと。

「【コキュートス】！」

広がる白い靄。強烈な冷気が辺り全てを凍り付かせていく。それを見たペインとサリーは即座に距離を取り、ベルベットも立て直しつつ短く息を吐いた。

距離を取ることには成功したものの、使わされた形だとヒナタは苦い顔をする。

「大丈夫っすよヒナタ、助かったっす！」

ベルベットはまだまだ余裕だと笑ってみせる。

しかし辺りがざわつき、多くの足音が響いて、状況が一変したことを告げる。

ここまで派手に戦ったのだ。周りのプレイヤーが状況を把握し参戦してくるのも当然のことだ。

「畳み掛ける！」

「ああ！」

「はい！」

ペイン達、さらには参戦してくるプレイヤーに合わせ、クロムも位置取りを変えて前に出る。

ここまで敵が増えれば、二人には前衛を無視して後衛に構っている余裕などないはずだからだ。

「俺が庇う。ガンガン攻めてくれ！」

一つ一つ、着実に追い込む。たとえ多少犠牲が出ようとも、この二人を倒すことができれば問題ない。それがここに集まるプレイヤーの総意である。

「囲まれてますね……」

「あはは、そうっすね！　でも、それを待ってたっす！」

ベルベットはそう宣言すると、ニッと笑って再度構える。

「【過剰蓄電（オーバーチャージ）】！」

強烈な雷鳴。直後地面を駆け抜けたスパークは近づこうとしたプレイヤー達を押し返す。

重力制御によって背中合わせになって浮かぶヒナタにベルベットが声をかけた。

「後ろは頼んだっすよ！」

「任せてください」

「【轟雷（ごうらい）】！」

ベルベットの宣言と共に、強化された雷の柱が拡散し、家屋諸共プレイヤーを焼き焦がしていく。

ペイン達はそれを避けるものの、強まる雷の雨は、あらゆるプレイヤーの接近を拒むものとして圧力を増していた。

「【重力強化】【重力の檻（おり）】！」

ヒナタによってより広範囲に強力な移動速度低下がばら撒（ま）かれ、それに合わせてベルベットがペイン達の方へ一気に駆ける。

「【活性化】【ガードオーラ】！　ネクロ【死の重み】！」

「【連鎖雷撃】！」

クロムが前に出て、ベルベットの移動速度を落としながら盾を構える。

間違っても今のベルベットをサリーに近づけるわけにはいかない。

ベルベットがその盾を正面から殴りつけると激しいスパークが散り、さらに降り注ぐ雷撃が容赦なくクロムを焼く。

「ぐっ……ヒナタのせいか！」

想像以上のダメージ。辺りに立ち込める冷気が、クロムの防御力をもってさえ耐えられないほどのデバフをかけているのである。

「クロムさん！」

サリーはクロムに糸を繋いで一気に引っ張ると、氷の柱を立ててベルベットの追撃を防ぐ。

「助かったぜサリー！」

「クロム、【不屈の守護者】は？」

「かなり削られただけだ。それは問題ない！」

「建物は諦めましょう。あのスキルにも時間切れがあるはずです」

「ああ、好きに使えるならば最初から使っておけばいいはずだ。おそらくフレデリカの【マナの海】に近い」

「【過剰蓄電】が切れさえすればそれでまた攻められる」

「逃がさないっすよ！」

ベルベットが重力を無視して氷の柱を飛び越える。ペイン達を倒すため。眼下にその姿を捉えた瞬間。

「今だ！」

「「【フレイムキャノン】！」」

「「【渾身の一射】！」」

「くっ！」

「ベルベットさん、一旦……！」

ベルベットを狙い撃つ遠距離攻撃。ベルベットがペイン達に向かいたくともそうはいかない。この戦場がどこであるのか、周りのプレイヤーからの攻撃がベルベットに再認識させる。

「流石に……キツいっすね！」

ベルベットは降り注ぐ雷の雨を周りにばら撒きながら、プレイヤーを屠っていく。

それでも、数の有利は揺らがない。無敵スキルがなくなったプレイヤーを下げて、順に戦場に繰り出すことで被害も思った以上に出ていない状態だ。それを感じ取ってベルベットは背中のヒナタに呼びかける。

「ヒナタ、ちょっと頼むっす」

「……分かりました」

ベルベットは囲んでいるプレイヤーを倒すのはやめて、外壁方向へ走っていく。撤退。それを予感した者達が逃すわけにはいかないと囲い込むように追いかける。

「逃しはしない」

「はい」

「外壁方向にも回ってもらってる！」

「ああ！　この状況で玉座への突撃はない！」

幸いベルベットはよく目立つ。見失うことはない。先回りも容易だ。

「【氷の城】！」

それでも、迫る人波を妨げるように、氷の壁が立ちはだかる。

しかしそれは大量の攻撃によりすぐさま削れて壊れていく。ただ、ベルベットにとってはそれで良かったのだ。

「やるっすよ！」

稼いだ一瞬。

ベルベットが手を突き上げる先、空を照らす凄まじい雷光。響き渡る轟音はこの後の事象を想起させる。追ってきたプレイヤー全てを焼き払うであろう【雷神の槌】が、振るわれる瞬間を待っていると。

「撃つよりも先に落とす！」

「させません……！【溶ける翼】！【凍てつく大地】！」

接近しようとしたペイン達を強制的に地面に落とし、足を縫い止め、さらに一瞬時間を稼ぐ。

【氷の城】で開いた距離を詰めるのには少し時間がかかる。

ただ、空と大地を雷が繋ぐよりも先に、王城前から爆発音が響く。

それはサリー達にとって聞き覚えのあるもの。爆炎に包まれながら、背から天使の翼を伸ばすその存在はメイプルそのものだった。

急遽加わった援軍。

ベルベット達もすぐさまそれに気づく。

「メイプルさん……」

「待ってたっすよ」

ようやく来てくれた。

ベルベットは疲労の滲む表情でそれでもそう呟いた。


空の上。

スキルによって索敵を阻害する黒い外套を纏ったウィルバートとリリィは飛行機械の上でじっとその時を待っていた。

「ウィル。外すなよ」

「ええ、万に一つも」

ウィルバートは弓を引き絞る。今のベルベットに【雷神の槌】は撃てない。あれはブラフだ。

「来るさ。来るとも。彼女はそういうプレイヤーだった」

味方が危ないとなれば飛ぶ。メイプルは自分の判断で味方を切り捨てられないと、短い付き合いながらリリィは感じ取っていた。

飛んでくる。そこを撃ち落とす。

最初から全てはメイプルをあの王城から引き摺り出すためだったのだ。

「その機械の腕では盾も構えにくいだろうさ」

燃え盛るメイプルは夜空によく映える。ウィルバートは弓を引き絞り射程に入った瞬間に矢を放った。

「【ロングレンジ】【滅殺の矢】」

飛翔する高速の矢。【不屈の守護者】はそこにない。事前に気づく力はメイプルにはない。

構える盾すら今この瞬間はない。


迫る赤い閃光。メイプルがその正体に気づいた時には反応すら追いつかない。

「わっ……！」

どうしようもないことを悟ったメイプルが思わず目を閉じる。

響いたのは金属音。


「させない」

「……サリー！」

目の前にたなびく青いマフラーは見間違えようがない。サリーはメイプルを抱えてそのまま物陰へと避難する。追撃ができないように。


「リリィ！」

「ああ、二人を回収する！」

「なんという……」

ウィルバートは全てを見ていた。

メイプルが空へ飛び出したその瞬間。ただ一人サリーだけがメイプルに向かって走ったのだ。

もちろん矢への反応ではなく。当然予測でもない。それは覚悟だとか決意だとか、そんなものを思わせる動きだった。

そう、そこにただ一枚。メイプルの盾はあったのだ。

「嘘……⁉」

ウィルバート同様、ヒナタも作戦の失敗を理解した。妨害できる位置取り。動きを見せた瞬間移動速度を低下させる。

そのはずだった。

ヒナタのスキル宣言に先んじて、【神隠し】によってあらゆる効果を受けない体になったサリーは、一瞬にして範囲外へと走り抜けたのである。

貴重な防御リソースを一切の迷いなく切ってみせた、異様な判断の早さが状況を一変させた。

「【緊急充電】！」

驚いて固まっていたヒナタをベルベットの声が引き戻す。

空から降った雷がベルベットに再度電撃を纏わせる。とはいえこれは文字通り緊急用。【過剰蓄電】のデメリットを受ける時間を遅らせて、ほんの少しの間電撃を使えるようにする最後の手段だ。

「【電磁跳躍】！」

ベルベットは雷を残して一気に跳躍する。ヒナタによる重力制御によって向かう先は空だ。

暗闇に青い炎の尾を引いて、リリィの操縦する飛行機械が二人へと接近する。

「レイ【流星】！」

それを見たペインがレイに乗って一気に空へと舞い上がる。

「落とせ！　レイ【聖竜の息吹】！」

「【再生産】【傀儡の城壁】！」

レイの放った輝くブレスは、装備を切り替えたリリィが呼び出した兵士でできた壁を破壊し、足場の機械を砕き割る。

「くっ……！」

「【範囲拡大】【光輝ノ聖剣】！」

空中に投げ出されたリリィとウィルバートに対してそのまま光の奔流を放つ。

それがまさに直撃せんとするその瞬間。二人は強烈な力によって下方向に引っ張られて、その攻撃を回避する。

「させません！」

ヒナタが重力を操って下方向へと引っ張ったことで、四人の距離も詰まる。

周囲から大量の魔法が降り注ぐ中、リリィは手にした旗を振った。

「【陣形変更】！」

直後、四人の姿が消失する。

転移に近いこのスキルは、高い外壁が立ちはだかっていようと、プレイヤーに囲まれていようと関係ない。

それを見てカスミとクロムはアイコンタクトを交わすと、真っ直ぐに外壁へと走り出す。

空からはペイン。それを見て続々とその場にいた者が後を追いかける。

瞬間移動ができても、この場から離れられるだけだ。メイプルの【方舟(はこぶね)】を知っている三人には、【陣形変更】でもそう遠くまで行くことはできないだろうと予測できていた。

門を抜け、フィールドを見渡した所で、カスミはリリィの飛行機械のものだろう青い炎を確認する。

「ハク！　【超巨大化】！」

「乗せてもらうぞ！」

反応が早かった【楓(かえで)の木】の二人、そしてその前を飛行速度に優れたレイが行く。

「よし、追いつける！」

「ああ！　同じ機械でもメイプルの飛行ほど速くねえな！」

距離が詰まる中、夜空に浮かんだ青い炎は角度を変えて一気に地面に降りていく。

上空のレイも高度を下げ、ついに四人を視認できる程に近づいた。

「流石に速いっすね！」

再戦。緊張感が空気を張り詰めさせる中。ベルベットの放電によるバチバチという音が静寂を破る。

「【出力上昇】！　【極光】！」

ベルベットを中心に超広範囲の地面が光り輝く。

範囲を強化した雷撃。轟音と共に天地を繋(つな)ぐ白い柱が三人を押しとどめる。

時間にして数秒。轟音が収まり光の柱が消滅した時、四人の姿はそこにはなかった。

「目眩しか……！」

「探すぞ！　どういうわけか索敵は弾かれるらしい。カスミ、逃げ道塞ぐ感じで頼む！」

ベルベットとそれに追従できるヒナタはともかく、リリィとウィルバートを連れてはそう遠くへは行けない。

数秒のうちに消えたのであればすぐそばにいるはずだ。

ペインは空から、カスミとクロムは物陰を攻撃しつつ地上をくまなく探索する。

合流したプレイヤーもそこに加わって全員で辺りを徹底的に探して回ったその結果。

分かったのは、間違いなくこの辺りには誰もいないということだけだった。

姿を消す直前。様子を確認したのはペイン、クロム、カスミの三人だ。

「どういうことだ？　んなことあんのか……？」

「途中で見逃してはいないはずだ。なら探していた時点でもうそこにいなかったということになる」

「空から見ている分には何かが飛んで逃げたということはない。不審なエフェクトも見えなかった」

となれば【極光】。あの光の柱が姿を隠したその瞬間。突然四人は消失したことになる。そう考えるしかないのだ。

「……何かしらの強力な退却手段によるものだと仮定する。そうすればベルベットとヒナタの無理な突撃にも納得できる」

「それはそうだな」

「ああ、【陣形変更】込みで、壁の内側からでも帰れるっていう保険があったってことだ」

「だが作戦の失敗と同時には使用しなかった。ならそのスキルにも何か条件がある」

ペインはスキルによる脱出であると考えているようで、それはクロムとカスミも同じだった。

一連の動きから鑑みると、帰りは走ってではなく、準備していたスキルを使用して帰るつもりだったと考える方が自然だからだ。

「上手くやられたか」

「だな。まあ、仕方ねえ。サリーに感謝だな」

「凄まじい反応だった。ここまで読んでいたのだろうか？」

「次の策を考える。やはりリスクなしには彼女らを倒すことは難しいようだ」

中心となる戦力が圧倒的防御能力を持つ【楓の木】とバフによる強化中心に集団での戦闘を得意とする【集う聖剣】ということもあり、敵の攻撃を受け切り、切り返すというカウンター気味な戦い方が多くなっていたが、それでは敵に先手を許してしまう。

こちらから仕掛ける。ドレッドがいない今、【集う聖剣】にとっては難しくなったことだが、それでも。【楓の木】を作戦に組み込んで、ペインは次の策を模索するのだった。

ペイン達が四人の捜索を切り上げて町へと戻ってくると、メイプルとサリーがそれを待っていた。

「どうでした？」

「駄目だった。見つかんねえわ」

「おそらくスキルによって逃げたと思われる。最初からそのつもりだったようだ」

「もう一度攻め込んでくることはないだろう。【陣形変更】がなければ同じように逃げることは難しくなる」

ペインがこれからこちらも策を練る予定だとサリーに伝える。勝つために勝負に出るなら【楓の木】と足並みを合わせるべきだからだ。

「ですね。クロムさん、メイプルを連れて戻ってもらっていいですか？」

「おう。安全第一でいくぜ」

サリーが上手くやったのだ。ここで俺がしくじるわけにはいかないと、クロムは大盾を掲げてみせる。そんな中、行動が裏目に出たメイプルは少し元気がなさそうだった。

「ごめんねサリー」

「あはは、気にしないで。ほら、たまには私にも守らせてよ」

それを聞いてメイプルもいくらか元気を取り戻す。

「……うんっ！　次は上手くやるから！」

「そうそう。その意気で」

「なら、私も一旦戻るとするか。また必要なら呼んでくれればいい」

クロムとカスミはメイプルを挟むようにして、外壁の先に意識を向けながら王城へと戻っていく。

残されたのはペインとサリーの二人だ。

「追いかけた後のこと詳しく聞いてもいいですか？」

「ああ。元よりそのつもりだ」

ペインがサリーに情報を共有すると、なるほどと頷きながら起こった現象について考え出す。

「私もスキルによるものだと思います。現状それが何か正確に分からないのが不気味ですが、移動速度上昇というよりは……瞬間移動」

「俺も同意見だ。上手く逃げられてしまった。結果として今回は一方的に被害を受けた格好になる」

「こちらも何か仕掛ける必要がある。ということですね」

「そうだ。撤退に使ったスキルが再使用可能になる度にあの奇襲を仕掛けられてはやりづらい」

「……つまりあの四人を倒したい、と」

「話が早くて助かる。【楓の木】には何か策はあるか？　聞いておきたい」

「…………」

その質問に対し、サリーは考え込む。

「ある。が、リスクが高いか？」

「まあ、はい」

「おそらく俺と考えていることは同じだろうな。なら俺から提案しよう……メイプルを戦場に出したい」

「そうなりますよね」

先程の戦闘。もしウィルバートがその気になれば、クロムやカスミ、ペインを死角から射抜くことは容易だったはずだ。

そのチャンスを捨てて、ベルベットとヒナタにより長い時間リスクを負わせてでも待ったのはメイプルを倒したかったからだ。

今回のように相手が対応せざるを得ない場所にまで踏み込まない限り、目的のプレイヤーとの戦闘は難しい。四人を倒すため出撃しても、必ず相手が応じてくれるわけではないのだ。

戦場に引きずり出すためには、相手にとって戦うことで得られる旨味。すなわち『餌』が何か一つ必要だ。

「無理にとは言わない。分かっているだろうがリスクは高い。【楓の木】として取りたくないだろう戦略であることは理解している」

「はい、避けたいところではあります。ただ……」

個人の感情を除いた時、作戦自体は実行に移すだけの価値があるものだとサリーは理解できていた。

「代案がないのは事実です。私が出ても四人を釣るには足りないでしょうから」

「メイプルと同じだけの価値を持つプレイヤーはいないだろう」

作戦にはメイプルの存在が不可欠だ。それも、【不屈の守護者】がない状態でなければならない。日を跨げばこの作戦の価値は著しく落ちるだろう。

「今回はメイプルに聞いてみてください。私は、自分からは選べないです」

「やると言ったら」

「準備をします。ウォーミングアップがしたい」

「分かった。俺でよければ付き合おう」

「お願いします」

限界までパフォーマンスを引き上げる。今回はただの一度のミスも許されないのだ。

「メイプルの返答次第だが、もしやるとなれば細かい部分を決めた後出撃する」

「はい」

ペインはそれだけ伝えると、先に行ったメイプルを追って王城の方へと歩いていく。

「……やるだろうなあ。メイプルのことだし」

サリーはメイプルがこの作戦を受けるであろうことを予感していた。

だからこそ、思いついた上で提案すらしなかったのだ。

メイプルは作戦の良し悪しが分からない訳ではない、考えればあの四人を倒すことの価値は理解できる。

その対価が自分のリスクなら、メイプルは許容してしまうだろうとサリーは分かっていた。

「ふー……集中しろ」

全ての攻撃を叩き落とす。そのつもりでなければ話にならない。

サリーはそう溢すと、ウォーミングアップのため、一足先に訓練所の方へ歩いていくのだった。

「なるほど……」

「どうだろうか？　サリーからはメイプルの意思を聞きたいと言われている」

王城内部。合流したペインから作戦に不可欠な要素。負う必要のあるリスクについて説明を受け、メイプルは内容を飲み込むように頷く。

「……できます！」

不安の滲む表情ではあるものの、メイプルは力強く宣言する。

「……分かった。なら急ぎ作戦の細部を詰めていく。勿論必要以上のリスクを負うことがないようにするつもりだ」

「はい！」

「【楓の木】を集めて王城の訓練所の方へ来てくれ。サリーは先に待っているようだ。俺もすぐに行く」

「分かりました」

メイプルはそのままギルドメンバーが待機している一室へと向かう。

「皆！」

「お、おお、どうした？」

「やけに元気だね。いや、やる気があるって感じかな」

「ペインさん達と作戦を立てて出撃します！」

それを聞くと六人がざわつく。その目的は単なる奇襲や、敵陣営の数を減らすことなどではないだろうと全員が直感していた。

「具体的な内容は決まっているのだろうか」

「それはこれからなんだけど……【thunder storm】か【ラピッドファイア】に仕掛けるみたい」

「ということはあの四人ね」

「うぅ、私達だと……」

「ちょっと厳しいです……」

マイとユイは四人全員に不利がつく相性なため、自信なさげだ。だがそれでもメイプルが隣にいれば話は変わるため、ここは作戦次第だと言える。

「じゃあ作戦会議だな。ペイン達は？」

「訓練所の方にサリーがいるのでそっちに！」

「オーケー。なら行こう。やられっぱなしじゃ終われねえってな！」

メイプルがギルドメンバーを連れて訓練所へ向かうと、そこでは先に到着したペインとサリーが激しく斬り合っているところだった。

その高速の剣戟はとてもウォーミングアップとは思えないもので、メイプルは目を丸くして立ち止まる。

「あ、メイプルも来たねー。おーい！　一旦終わってー！」

フレデリカの呼びかけに二人は足を止めて武器をしまう。

「ありがとうございます」

「ああ、しかし驚いた。まださらにパフォーマンスが上がるのか？」

「上げます」

「頼もしい」

「あんまり本気出しすぎてガス欠にならないでねー？」

「うん、分かってる」

「揃ったな。なら話を始めよう」

そう言うとペインは早速作戦の概要を伝える。

「今回は敵がメイプルを倒したいと思う、その心情を利用する。つまり、メイプルを囮に使って敵を釣り出す」

「メイプル、問題ない？」

「うん！　大丈夫！」

サリーの再確認にメイプルは一つ頷いて返す。

「ただし【集う聖剣】を全員動かせば敵も不用意には出てこないだろう」

「そこで俺達の出番ってわけか」

「そうだ。少人数かつ戦闘能力が高い。【楓の木】の方がこの作戦に適している」

ペインは次にウィルバートについて話す。

「ウィルバートの索敵にここにいる全員がかかれば間違いなく敵は引く。誘っていることがバレても構わないが、その時の脅威度は敵が戦闘を決断する程度に抑えたい」

「相手から見た時にリスクはあるけれど勝てそう。そんな状況にしたいわけね」

最前線に出るのはメイプルを含む限られた人数。他の面々は万が一の場合のバックアップだ。

「四人がそのまま出てきた時。最も想定されうる陣形は、前に飛び出したベルベットとヒナタ。後ろで支援射撃を狙うリリィとウィルバートだろう」

「同感だ。性格的にも能力的にも、まあそうなるだろうな」

「戦闘になると判断した場合そこを強襲して分断する。俺と数人で【ラピッドファイア】にレイで飛び込んで【thunder storm】を孤立させる」

「となると肝心のベルベット達はどうなる？」

「あの二人ねー。ちょーっと問題があってさー」

フレデリカの言う問題とは勿論、ヒナタのスキル【隔絶領域】のことだ。

もし今、再使用可能な状態になっていたなら、一方的に不利な二人が引きずり込まれて必敗は確実だ。マイやユイ、イズやフレデリカは吸い込まれれば死は免れない。

「あの二人には対抗できる二人だけを当てる」

「となると一人は囮役も兼ねたメイプルで、あと一人は……これはもう決まりかな」

「私がやる」

メイプルの隣に立った時に最も強いのはサリーだ。それはスキルやステータスの相性。そしてそれ以上に、息の合った連携にある。

この決定に誰一人異論はなかった。

「概要はこんな所だ。ここから細かい点を詰める」

「長引けば他のギルドの介入も考えられるだろう。メイプルとサリーを戦闘に集中させるためにも分断のミスは許されないな」

「頑張ろうねユイ！」

「うん。近づいてきたら、こう！」

ユイは大槌を振る真似をして見せる。倒してしまえば何より効果的な分断になる。

相手の動きに左右される部分も大きく、リスクのある作戦なのは間違いない。それでも、先程の奇襲が次は王城に迫る可能性も考えると、ここは動く必要があるのだ。

決行の時は迫る。作戦を立てた時点で大きなミスがないように、メイプル達は全員で話し合いを続けるのだった。


作戦の内容は固まり、ペインは【楓の木】の面々に別れを告げる。

「フレデリカ、適した面々に声をかけろ。手伝ってくれ」

「はいはーい！　じゃあねメイプルー、サリー。期待してるよー」

【集う聖剣】はウィルバートの索敵範囲から外れるために、機動力の高い部隊を用意して最後方で待機することとなっている。撤退の際、またはより悪い状況に対応するために。

本来は移動の補助をドレッドが担う予定だったが、今回はフレデリカのバフで代用することとしたのだ。

「決行は予定通りとする」

「はいっ、大丈夫です！」

メイプルが返事をしたところで二人は訓練所から出ていく。

残された【楓の木】もまたそれぞれができる準備を進めることとして、アイテムの確認等をしていく。

「カナデ。一応最後に確かめておいていい？」

「いいよサリー、チェックしておこう」

「カスミもその後にウォーミングアップに付き合ってほしいかな」

「構わない。そこが要になる作戦だ」

フィールドに出てしまえば、細かい確認をしている時間はない。心残りがないように、今のうちにやれることはやっておく必要がある。

「ふー、さて後は相手が応じるかどうかか」

「そうね。でも、狙っているなら気にはなると思うわ」

メイプル達の出撃は様々な点を考慮した結果もうすぐ日を跨ぐといった時間帯に決定した。それは相手により強烈に決断を迫ることになるだろう。ここを逃せば【不屈の守護者】は再度効果を発揮できるようになり、強力な障壁となって立ちはだかることは確定している。相手にとってみすみす見逃すわけにはいかないラストチャンスなのは間違いない。

「メイプルさん！」

「危なくなったらすぐに駆けつけます……！」

「うん！　勝てるように頑張るよ！」

「頑張ってくださいっ！」

「周りは私達が見張っておきますから」

相手の出方によって戦場がどこになるかが決まってくるため、事前の準備には限界がある。イズのアイテムで戦場をいじる時間もないため、こちらが特別有利なわけではない。それでも、あくまで対等にぶつかり合い、そのうえで上回るつもりなのである。

そうしてしばらく。

いよいよ出撃の時間が近づいてくる中、サリーは準備を済ませると最後にメイプルの元へやってきた。

「メイプル」

「あ、サリー！　頑張ろうね！」

「うん。作戦は大丈夫？」

「大丈夫！　でも、サリーの方が大変だと思うけど……」

メイプルはそう言って少し心配そうな表情を浮かべる。作戦においてサリーの担う役割は大きく、かつ代われる者もいない。

ただ、そんなメイプルを見てサリーはニッと笑った。

「大丈夫。だから……」

サリーはメイプルの目を見て自信ありげに続く言葉を紡ぐ。

「私を信じて命を預けて」

「うん。信じてる！　他の防御は任せて！」

「オッケー。任せた」

信頼には信頼で応(こた)える。サリーが危険な時はメイプルが、メイプルが危険な時はサリーが必ず対応する。後はそれを信じて相手に任せるだけだ。信頼なしには今回の作戦は成立しない。

「メイプルは準備は大丈夫？」

「うん！」

「じゃあ行こう」

こうして二人は【楓(かえで)の木】の面々と共に、外壁前で待つ【集う聖剣】の元へと向かい合流する。

「来たか」

「準備万端みたいだねー。じゃあ早速移動しよー」

話している間に日を跨いでしまっては作戦は成り立たなくなる。無駄な時間は使いたくないと、メイプル達は素早く敵陣に向かって出撃するのだった。

三章　防御特化と囮。

大きな戦闘の起こらない夜のフィールドは静けさに包まれている。

実際、出歩くプレイヤーはほとんどいないのだから静かなのも当然だ。

そんな夜のフィールドをその特殊な目で見渡しながら歩いているのはウィルバート、そして護衛も兼ねてその隣にいるのはリリィだった。

「やはりプレイヤーが少なければ幾分ましですね。この辺りなら町も遠い」

「昼間は悪かった。相当負担がかかっただろう？」

「仕方ありません。あの時は赤いスパークの発生源を突き止める必要がありましたから」

昼の大規模戦闘ではメイプルの奇襲をいち早く察知することで、被害を最小限に抑えることができた。もし時間がかかっていたなら、戦闘の結果は大きく変わってしまっていただろう。

「追撃はなさそうかい？」

「そうですね。今のところ静かなものです」

二人が警戒しているのは敵陣営が追撃してくることだった。あれだけ派手にやった上で逃走したのだ。追撃したいと考えるプレイヤーがいてもおかしくはない。

ただ、予想に反してこの時間になっても敵軍は全く姿を見せなかった。

そろそろ帰り時かと考え始めたその時。

「…………！」

「誰か来たか？」

昼間、遠くにいるメイプルを見つけた時と同じように、普段のそれよりもさらに広範囲の索敵を行うウィルバートは、遥か遠く、範囲内に入り込んだプレイヤーの姿を確認した。

「メイプルとサリーがこちらへ向かっている……索敵範囲内には二人だけです。間違いない」

「正気か……？」

リリィは不可解なその動きを訝しむ。失敗に終わったとはいえ、後一歩でメイプルを倒すところまでいった先の戦闘は記憶に残っているはずだ。なのに再度【不屈の守護者】のないメイプルをほとんど護衛もつけず戦場に出してくる。

そこには何か意図があるはずだ。

「ウィル、本当にいないか」

「はい。見逃しはありません」

「なるほど……誘っているのは間違いないだろうね」

「ええ。狙いがあるのでしょう。どうしますか？」

見なかったことにして予定通り自陣へ退却することもできる。

メイプル達に何か狙いがあるのは間違いないが、流石にそのまま王城まで向かってくることはないと予想していた。

二人が何もしなければ、ここで戦闘は起こらない。

「射抜けるか？」

「……もう少し待てば射程は問題ないです。ただ、直撃は期待できないでしょう」

「まあ、サリーが止めることを前提にしているだろうね。恐ろしい話だが、実際やってのけそうだ」

安全に倒すというのは難しい。ウィルバートに無理なら誰にだって無理だろう。

倒すためにはこの誘いに乗って、戦闘を起こさなければならない。それが二人の結論だった。

「ウィル。念のためだ、本当に他には誰もいないか？」

「……ええ、この目に誓って」

リリィは少し考えたのち小さく頷く。

「オーケー。乗ろうじゃないか。ウィルの索敵範囲外から戦場に間に合う大軍が用意できるというのなら、見せてもらおう」

「分かりました」

「連絡を飛ばす。大人数になるとメイプル達も引くだろう……図らずも同じ狙いとなったかな？」

「そうかもしれません」

リリィは自陣に連絡を入れ、出撃できるプレイヤーを呼ぶ。

こちらもこちらで二人をできる限り誘い込むように。逃げられるだけの余裕をなくすためにじっと待つのだ。

「味方を待って囲い込む。援軍を妨害することにもつながるはずだ。ただ、二人が帰るそぶりを見せたなら仕掛けよう」

敵から与えられたチャンスであるため、危険な香りはするものの、それでもチャンスであることに変わりはない。次はないこの機会、逃したくはない。

「守り切れるというならやってみせろ。というわけだ」

「索敵は続けます。敵影が増えたなら報告しますね」

「ああ。もうしばらく頼む」

二人も方針は固まった。あとは開戦を待つだけである。

夜のフィールドを二人歩くメイプルとサリー。今の所敵プレイヤーの気配はないが、サリーは常に二本のダガーをその手に持って攻撃に備えていた。
「誰もいなそう？」
「どうかな？　仕掛けられるまでこっちからは分からないし」

二人が歩くのは障害物の少ない荒地だ。隠れられる場所は少なく、いきなり敵プレイヤーが大量に現れることはないだろう。

「そろそろタイムリミットだけど……」

サリーは改めて時間を確認する。日付が変わるまで、もうあまり時間はない。今回はあくまで相手の出方に依存した作戦だ。メイプルが出歩いていることに気づかれていなければそもそも何も起こらない。

このまま拠点に戻ることになりそうだと思い始めたその時。夜の闇を裂いて、弾ける雷の塊が弾丸のように手前に着弾する。

「出てくるとは思わなかったっすよ！」

目の前に現れたのはヒナタを連れたベルベット。弾ける電撃は戦闘の意思の表れだ。

「そっちこそ。結構動き回ってたけど、元気だね」

「まだまだ余裕っす！」

疲労は溜まっているはずだが、それでも言葉通り余裕そうに笑って見せる。疲れよりも、この後の戦闘が楽しみだという風に。

ベルベットは力強く踏み込むと一気に加速し、二人に迫る。

「【極光】！」

自身を中心とする強烈な雷。いかにサリーといえど隙間がなければ避けられない。

「【身捧ぐ慈愛】！」

だが、それもメイプルがいれば別だ。ベルベットのスキルの範囲と重なるように展開された【身捧ぐ慈愛】があれば【極光】内部でもサリーを生き残らせることができる。

これならサリーも攻められる。メイプルもまた自分の役割を理解しているのだ。


しかし、そんなベルベットの隣をすり抜けるように、後方からの赤い閃光。【極光】の光に紛れるようにして飛来するのは高速の矢。

【極光】は目眩し。本命はウィルバートの一射だったのだ。

「はっ！」

バキィンと大きな音を立て、それでもサリーがその矢を叩き落とす。

【身捧ぐ慈愛】のお陰で攻めることも可能だった。それでも、優先すべきはもしもの時の防御。

いざ戦闘が始まるというその瞬間も、サリーの意識はメイプルを狙うものにのみ向けられていたのだ。

「うわっ、本当に弾いたっす！　やるっすね！」

「やっぱり……偶然ではないみたいですね」

狙い通りに行かなかったことで、二人は一旦距離を取る。

ベルベット達が二人の前に着地したことからの予測。観測した誰かがいなければ、そもそもベルベットとヒナタがここに来ることもない。

それはウィルバートがいる可能性が高いことを示しているのだ。

「メイプル、盾構えて！」

「うん！」

サリーはメイプルの背に隠れ素早くインベントリを操作すると取り出した閃光弾を打ち上げる。

それは作戦決行の合図だった。

閃光弾の数。それがウィルバートのいる方向を伝える。


遥か後方。フレデリカとカナデ、イズによる強力なバフを受けて加速したレイが文字通り流星となって夜空を飛ぶ。

何重にもかけられた移動速度上昇。ウィルバートは自分達へ向かって一気に迫る存在を視認する。

空に輝くはベルベットにも負けない聖剣の光。

放たれた輝く奔流がリリィ達に迫り来る。

二人は即座に装備を入れ替えると、攻撃を受け止めにかかる。

「【傀儡(くぐつ)の城壁】！」

リリィが素早く召喚した兵士は何とか二人を守り切ったものの、そこへレイに乗ったペイン、カスミ、クロムが降りてくる。

「豪快な索敵だ。辺り一帯吹き飛ばせば、対応しなければならない。私のスキルを見て居場所を割り出したか」

リリィは粉々になった分の兵士を補充しつつ武器を構える。

「俺達としても二人の支援をさせるわけにはいかない」

「こっちはこっちで勝負と行こうぜ！」

「退くことはできないはずだ」

レイの接近速度を鑑みても、逃げ切るのは機動力のそう高くない二人では難しい。そうでなくとも、ここで二人が撤退すればベルベット達が挟まれる。それはできない。

「オーケー。ウィル、『全力』で行こう」

「はい」

二人もまた武器を構える。

それと同時にさらに多くの兵士が呼び出され、本格的に戦闘が始まった。

頭上を通り抜けた流星。後方での戦闘の気配はベルベット達にも伝わっていた。

「援護は難しそうっすね」

「助けには行かせないけど」

サリーが武器を構え直す。ウィルバートからの攻撃はない。これで、攻めに移ることができる。

「あはは！　でも、これならシンプルっす！　私達で二人を倒して、そのまま挟みに行くっすよ！」

「はい」

ベルベット達も方針は固まった。

どちらにも撤退はない。

「負けないよ！」

「こっちもっす！」


想定通り戦闘まで持ち込むことに成功したメイプル達。ペイン達を送り出した残る面々はもしもの時のために後方に待機していた。

「何もない……なーんて都合良くも行かないよねー」

現状の確認のため散開し、索敵を続ける【集う聖剣】のメンバーから連絡が入り、渋い顔をする。

「はー……ミィ達も来てるって！」

密に連携をとっているのは【thunder storm】と【ラピッドファイア】だが、万全を期すというのなら【炎帝ノ国】に声をかけるのも当然だ。

「そっか。ちゃんと呼んでたかぁ」

「そうなると……」

「お姉ちゃん」

「うん。行かないと！」

「皆行くよー。そのための私達だしー」

「「「おおおっ！」」」

フレデリカ、カナデ、イズの三人でその場にいる全員の移動速度を撥ね上げる。

フレデリカ達はこの時のために控えていたのだ。さらなる介入、【炎帝ノ国】の参戦を防ぐため、戦場へと向かっていくのだった。


「【多重加速】！」

フレデリカのバフにイズのアイテムも加えて、移動速度を底上げしたところで、集団で移動を開始する。

目的は致命的なタイミングでの【炎帝ノ国】の合流を阻止すること。

そのためには、多少の犠牲も許容範囲だ。

「頑張る分うまくやってよねー」

雷の落ちる戦場を遠巻きに眺め、メイプルとサリーの勝利を祈りつつ全員で移動を続ける。

広範囲に散らばった偵察部隊によって素早く接近を察知したことで、進路を遮るように先に陣取ることができた。

「私達も覚悟を決めないと駄目ね」

「うん。作戦通りやろう」

長距離を移動する必要があり、同行する人数も絞っている。【炎帝ノ国】を迎え撃つに十分な数が用意できたとは言い難い。

それでもやりようはある。【楓の木】には戦況を変えられるだけの強力な武器があるのだ。

「二人とも準備は大丈夫？」

「「はいっ！」」

マイとユイはツキミとユキミの背に乗って、それぞれ六本の大槌を構える。

この状況を変えられるプレイヤー、それがこの二人だ。

「皆で支援する。俺達がどうなっても気にしなくていい」

「頑張って！」

マイとユイがいればＨＰを削る必要はない。全員で二人を支援するのが最良の選択だということは昼の集団戦で証明済みだ。

「うんうん。って感じだから攻撃は任せたよー？」

「任せてください！」

「頑張ります……！」

二人が作戦の核だ。人数の不足は異次元の破壊力で帳消しにする。

「遮蔽を設置するのを手伝ってくれるかしら？」

「オーケー。急ごう、もう近い。おい、こっちに手を貸してくれ！」

「分かった！」

下手に守りに入っても、ミィの炎と押し寄せる大軍の圧力に負けてしまう。

とはいえ完璧に守りを固め、イズの用意した壁の奥で待ち構えても横を素通りされるだけだ。

作戦上、素通りだけはさせられない。であれば死も覚悟した上で戦うしかない。

こちらが壊滅したとしても、敵にも進軍できないほどの被害が出ればそれでいいのだ。勿論、勝てるならそれが最良だ。

「二人は真っ直ぐミィに向かって。危ないと思っても攻撃を続けてほしい」

「「はい」」

「大丈夫。今日限りだけど限界まで僕が守るよ」

カナデが背後に浮かべる本棚にはぎっしりと魔導書が詰まっていた。

「よろしくお願いします」

「その分暴れてみせます！」

「うんうん。その調子で頼むね」

最低限の遮蔽を設置して決戦の準備を整える。先頭にマイとユイ。そしてそれをバックアップする【集う聖剣】の面々を隣に配置して、最後方にイズ、カナデ、フレデリカ、さらに【集う聖剣】から後衛の面々とそれを守るための大盾使いが構える。

「【黎明】はどうするー？」

「んー、基本的にどうにもならないかな」

「撃たれる前に。というのはやっぱり難しいかしら」

「準備に時間がかかるスキルみたいだし、二人に期待しよう」

どうやら無敵状態でも防げないらしいミィの攻撃が飛んできたその時。最前線で武器を振るっているであろうマイとユイを助けるのは難しい。

【黎明】を使うために詠唱に入ってミィが攻撃できない間にやれることをやるしかない。

待つこと少し。夜の闇の中に、ポツポツと灯りが見え始める。

それはスキルエフェクトやランタンによるものだ。その数は明らかにこちらより多く、【炎帝ノ国】に【thunder storm】と【ラピッドファイア】のメンバーを含んだ混成軍だった。

今さら人数差に怯んでいても仕方がない。それより自分達の作戦を信じるべきである。

「よーし皆やるよー！　【多重頑強】」

フレデリカが防御力を上昇させたのを合図に全員が一気に動き出す。小細工は無し。全てを破壊しうる二人を正面から突撃させるのだ。

暗闇(くらやみ)の中、敵も素早くこちらの存在に気づき、次々に魔法が飛んでくる。風の刃、炎の弾丸。それに混じって空から矢の雨が降り注ぐ。

「【多重障壁】！　ノーツ【輪唱】！」

「「【マルチカバー】！」」

「「【ヒール】！」」

フレデリカがノーツと共に展開した大量の障壁がその多くを受け止め、抜けてきた分をタンクが受け持ち回復する。

イズとフレデリカのバフで底上げされたステータスは、障壁によって妨害された魔法程度なら容易に耐え抜けるのだ。

唯一掠(かす)ることさえ許されないマイとユイだけを守り、さらに前進する。バフによる加速もあってか、両軍の距離はあっという間に詰まる。

が、しかし。集団の中から赤い炎を散らして夜空に不死鳥が舞い上がった。

「【灼熱(しゃくねつ)】！」

ミィによって放たれた進軍を阻まんとする強烈な炎の波。

迫る猛火にそれでもマイとユイは突っ込んでいく。それは、守られることが分かっているからだ。

「【断絶】」

カナデが魔導書を開くと、空間が裂けミィの炎が飲み込まれていく。基本的に二度撃つことができないものの、カナデが持つ切り札と言えるスキルの数は他のプレイヤーとは比べ物にならない。

容易く攻撃が無効化され、続く炎を放つより先に、ツキミとユキミに乗ったままマイとユイが大槌を振りかぶる。

「「【飛撃】！」」

飛来する高速の衝撃波。

それは風船を針で刺したように、掠めたプレイヤーを消滅させる。

「避けるか、無敵で対応しろ！」

こちらを囲い込みながら、マイとユイから距離を取れるよう散開する。

防御力上昇、ダメージカット。二人の前に立った者にとってそんなものは無価値だ。

「【噴火】！」

マイとユイを狙って再度ミィの炎が迫る。地面から炎が溢れ出し、火柱が二人を包み込まんとする。

「【水神の加護】！」

素早くカナデが対応に当たり、二人を水の膜が包み込む。炎を打ち消す守りによって、二人は足を止めずに前へと進む。

「「【ダブルストライク】！」」

「【精霊の光】……はぁ!?」

「【守護の輝き】！　っ、マジか！」

ダメージを無効化したプレイヤーはそのまま吹き飛び、後衛のプレイヤーを巻き込みながら地面に転がっていく。それで勢いが止まったのはまだマシな方で、斜め上に飛んだプレイヤーの行方など当然誰も知りはしない。

「「【超加速】！」」

加速することで大槌を避け、二人の懐に潜り込む。当たらなければそれでいいのだ。

「「【カバー】！」」

素早く割り込んできた【集う聖剣】による防御が間に合い、マイとユイは攻撃を続ける。

「二人がやられると困るんでね！」

「守らせてもらう」

「なるほどね……！」

【集う聖剣】による対応が早く、カナデのスキルを使わせるにも至らない。すぐに距離を取り直さなければ大槌による反撃で粉々にされてしまうため、諦めて一旦引くしかない。

異様なまでの攻撃力の差は接近しての攻防、その一切をないものとしてしまっているのだ。

ミィはイグニスに指示を出し、フレデリカを中心に地面から飛来する魔法を回避すると、狙う対象を切り替える。

「【豪炎】！」

夜空に発生した業火は、その圧倒的な火力でミィを狙った魔法を飲み込み、後衛に向かって降り注ぐ。

「【多重障壁】！」

「フェイ【アイテム強化】！」

フレデリカが障壁を展開するのに合わせて、イズがアイテムにより防壁を生み出しさらに守りを固める。そこに【集う聖剣】の面々も障壁を追加して、ミィの炎を防ぎ切った。

「守りが固いな……」

ミィは魔法を避けながら一旦自軍方向へ戻っていく。後衛を一気に焼き尽くし、陣形を崩壊させたいところだったが、流石は【集う聖剣】といった安定感。カナデがスキルを使っていなかったことを鑑みても、あの守りを崩すには時間がかかるだろう。

であれば仕方ない。ミィはこの戦場の中心となっているマイとユイに照準を定め炎を放つ。

「【炎帝】！【炎槍】！」

「【対象増加】【精霊の光】」

マイとユイに放った二つの炎の球、そして巨大な炎の槍はカナデのダメージ無効化によって防がれる。カナデは他のプレイヤーと違って、どんなスキルをどれだけ持っているか分からないのが厄介だ。それでも、カナデを攻撃してもフレデリカを中心とした大量の障壁に阻まれるなら、限られたスキルでしか救えないマイとユイを狙う方がマシである。

もしくは。

「マルクスから？」

ミィは届いたメッセージに目を通す。

『時間稼ぎされてる。戦力もじわじわ削られてるし、多少時間がかかってもミィに決めてほしい』

【黎明】の詠唱。それは戦闘終幕へのカウントダウン。マイとユイもカナデによる防御なしでは耐えられない。

範囲外まで引くというなら、そのままベルベットとリリィに合流できる。

ミィはイグニスに指示を出しマルクスの側に降り立つ。

「ミィ、頼んでいい……？」

「そのつもりだ」

「その間は僕が支えるよ。あの二人の足止めも任せて」

「分かった」

マルクスは足元に設置した【一夜城】を起動し、ミィを守ると、【黎明】の準備が始まったことを確認して前へ出る。

「【設置・花の騎兵】【設置・水の軍】」

マルクスは蔦でできた騎兵と水の歩兵を呼び出すと射程内のプレイヤーに触れるたびに消滅させる二人にけしかける。

「好き勝手されると困るんだ」

「止まる気は……」

「ありませんっ！」

「【遠隔設置・風刃】【遠隔設置・炎刃】！」

どんなに弱い攻撃にも対処しなければならないのが二人とカナデの弱点だ。メイプルの【身捧ぐ慈愛】に比べれば隙はある。

「クリア【消失】」

マルクスのトラップから発生した風の刃と炎の刃。騎兵と歩兵が一瞬にして姿を消す。

どういうつもりだと、一瞬動きを止めた【集う聖剣】の大盾使いの肩口に、突如蔦でできた槍が突き刺さりダメージエフェクトが弾けた。

「……！」

「下がってくれ！」

「「はい！」」

透明になっただけ。触れればその姿も見えるようになる単純明快なスキルではあるが、マイとユ

イの護衛難易度は撥ね上がる。

「僕だって後ろでじっと見てただけじゃないよ……【全トラップ起動】」

地面。空中。あちこちからさまざまな物質で構成された兵士たちが湧き出してくる。それら全て、マイとユイにとっては無視できない敵だ。

「クリア【色無き世界】」

マルクスによって呼び出された多様な兵士達は全てその色を失い、空気に溶け込んでいく。いよいよまずいと大盾使いを中心に体で炎と風の刃を受け止め、串刺しにされながらもマイとユイを集団の中へと逃す。間に立って壁になることで、二人への攻撃を防ぐのだ。

マルクスのスキルによってマイとユイへのプレッシャーが高まり、戦場の様相は一変するかと思われた。

後方。展開されるは召喚された兵にも負けない数の魔法陣と、銃口のついた飛行機械。放たれた幾条ものレーザーとメイプルの【機械神】にも負けない弾幕が、透明な召喚兵に直撃し実体化させていく。

「うっ……あの二人か」

マルクスに準備をする時間があったなら、イズにもあったということだ。

そして、準備さえできればイズも生産職とは思えない力を発揮できる。

「えー……私と張り合えるアイテムって何ー？」

「準備しておいて良かったわ！」

「助かるけどねー、でもー……」

「ええ、そうね」

マルクスも全力で攻めに来ているわけではない。マイとユイをしばらく止められれば、ミィが全てを終わらせる。

それは【thunder storm】や【ラピッドファイア】のギルドメンバーも織り込み済みであり、最終的に勝つ算段があるのなら犠牲が出ても構わないのだ。

「マイ、ユイ！」

カナデが少し前へ出て敵を薙ぎ倒す二人に声をかける。

「カナデさん！」

「多分これだと……」

間に合わない。そう言葉を発するより先に、夜空に太陽が顕現する。

中心にいるのはミィ。マルクスが稼いだ時間で全てを焦がす炎の準備は整った。

「【黎明】！」

白く輝く炎がミィを包み込みすぐにでも来る解放の瞬間を待つ。

全員が範囲外へ逃げようとする中、最前線にいたマイとユイにマルクスが手を伸ばす。

「退かせない……【聖なる鎖】！」

白い魔法陣から伸びた鎖がマイとユイをその場に拘束する。効果時間は僅か三秒。されど三秒。ミィの炎から逃げる時間がなければそれでいい。

「【インフェルノ】！」

迫るは地面にダメージゾーンを生む巨大な炎の波。視界を赤が覆い尽くす中、マイとユイはカナデの方を振り返り決心したという風に頷いた。

「【フライト】！」

カナデはそれを見て上空へ避難。二人の決断を信じた。

残されたマイとユイの鎖の拘束が解けたその時には炎は目の前だった。

それでも、この状況は二人にとって避けられないと覚悟していたものだ。

なら、やることは決まっている。

「お願いお姉ちゃん！」

「【巨人の業】！」

マイが五本の大槌を振りかぶり炎の波を叩きつける。ＳＴＲが上回ればダメージを無効化して跳ね返す。この効果から【黎明】によってダメージ無効だけが消えた時起こる現象は。

それは捨て身のカウンター。

全てを焼く炎。その一部がマイを中心に押し返され炎の波は反転する。

「まずっ……クリア【存在消滅】！」

朧の【神隠し】と同じようにその場からいなくなることでマルクスは炎の波をすり抜ける。

マルクスが見た燃え盛る業火の向こう。炎上するフィールドにキラキラと舞うエフェクトは逃げきれずに消えていったプレイヤーの数がどれほどのものだったかを示している。

一部の後衛を残し、ほとんどが焼却。

しかし。

「本気……？」

レイドボス相手にも通じていたマイとユイによる攻撃の突き返し。

しかし二人の姿は炎の波の向こうにはない。

つまり、死を覚悟の上でのカウンター。

それは甚大な被害をもたらした。

跳ね返ってきたのは一部とはいえ、それでも広範囲、かつ想定外の事象だ。

退避が遅れ、陣形は崩壊している。

マルクスが前を見ると、空中浮遊を終えたカナデが炎上する地面を避けるため、生成した巨大な岩の上に降り立ったところだった。

「まだやる気……？」

マルクスは訝しむ。跳ね返されたとはいえあくまでそれは一部。【楓の木】サイドの方が被害は大きい。戦闘続行は難しいはずだ。

攻撃を終えたミィもマルクスの元へやってくる。

「ミィ、ありがとう」

「敵は……カナデが殿ということか？」

「そうみたい」

地面の炎が収まり、容赦はしないとミィが続く炎を両手に生成したところで、カナデが魔導書を開いた。

「【黒煙】」

辺りに一気に黒い煙が広がる。

それはデバフではなく単純な目眩し。

「【トルネード】！」

どこかから放たれた風魔法は素早くその煙を押し流す。

煙幕を張って逃げた。全員がそう予想した中。煙が消えたその先で、カナデは空中に太い蔓で足場を生成し、ミィとマルクスに向かっていた。

「「……！」」

予想外の選択に二人の視線がカナデに向けられる。

「上だ！」

誰かが叫ぶ。ミィが見上げたその時にはもはや間近に迫っていた白い人影。

落下しつつ大槌を構えるのは紛れもなくユイだった。

「【蒼炎】！」

「【巨人の業】！」

放たれた青い炎を撃ち返す。

【インフェルノ】に対応したのはマイ。振るわれたのは五本の大槌。残りの一本は遥か上空へとユイを打ち上げるのに使われたのだ。

メイプルにも似た思い切ったプレイングはユイの方が得意とするところだ。

撃ち返された炎に包まれる中、ミィは転がって何とかその場を離れる。

「【砕けぬ盾】！」

カナデが残り、前に出た理由はただ一つ。ユイを無事に着地させるためだった。

「やあぁっ！」

轟音と共に地面に着地したユイはそのままミィへと大槌を叩きつける。

この距離、散開した陣形。最早避けられず、誰かからの支援も期待できない。

そう察したマルクスは、隣にいたミィにその手に持っていた一枚の札を投げつける。

「【チェンジ】！」

札から展開された水の衣がミィを包むと同時、マルクスはスキルによって二つの罠(わな)の位置を入れ替える。ミィを包んだ罠はミィごとはるか後方へその位置を移動させ、安全圏に避難させる。

「あー……あとは、頼んだ」

ただ、咄嗟(とっさ)に発動できたのは一つ分。

対象を切り替えて振り抜かれた大槌。マルクスがそれを耐えられるはずはなかった。

一瞬。有無を言わせぬ必殺の一撃が高い音を立ててマルクスを光に変える。

そうして大槌がマルクスを消滅させると同時に、カナデは魔導書を開いた。

「【鉄砲水】！　逃げるよユイ！」

「はいっ！」

生み出した水で押し流したユイをキャッチして素早く逃げる。こんな時のために【ＡＧＩ】には多めに振ってあるのだ。

「向こうが終わってるといいけど……！」

こちらの被害も大きい。ユイを守る魔導書ももうなく、足止めは難しくなった。カナデは残る戦場を心配しつつ、イズとフレデリカの元へ急ぐのだった。

四章　防御特化と眼。

荒地にて向かい合うリリィ、ウィルバートとペイン、クロム、カスミ。

レイの突進によるペインの強襲をいなしたリリィはそのまま大軍を召喚し人数差を逆転させる。

「【血刀】！」

「【光輝ノ聖剣】！」

カスミは刀を液状にして、ペインは剣から光の奔流を放つことで、剣を持って迫るリリィの兵士達をいとも容易（たやす）くバラバラに破壊していく。

「【再生産】」

「【王佐の才】【戦術指南】【理外の力】！」

しかし、壊されても即座に新たな兵が追加され、バフを受けてリリィとウィルバートへの道を塞（ふさ）ぐように立ちはだかり、今度は数にものを言わせた銃撃で三人を攻め立てる。

「【活性化】【マルチカバー】！」

ネクロを纏（まと）ったクロムが銃撃を受け持つ。ダメージこそ入るものの、自己回復能力に長（た）けたクロムを倒し切れるほどではない。

「ある程度減らしてくれればこっちは問題ない！」

生み出される兵士はそこまで脅威とはならないもののとにかく数が多く、範囲攻撃が特別得意でない三人では、スキルを使わず一掃するのは難しい。

「ペイン、私がやろう。このまま倒していても仕方がない」

「ああ。任せる」

「【覚醒（かくせい）】」

カスミはハクを呼び出すと即座に【超巨大化】させ、兵士達に突撃させる。その巨体はうねりながら兵士を押（お）し潰（つぶ）す。

「ははっ、こうも簡単に倒されると悲しいね。彼らもそれなりに強いはずなんだが」

「どうせまた生み出すのだろう？」

「勿論（もちろん）」

言葉通りリリィも次々に兵士を生み出し対応を強制させるが、ハクのせいで優位を取りきれない。

そうして兵士の壁が崩れたタイミングでペインが一気に踏み込む。

「【破砕ノ聖剣】！」

「はっ……！」

ペインの振り抜いた聖剣を、リリィはその手に持った旗で受け止める。

「一応、槍（やり）使いとしてやっているからね！」

リリィは剣を弾くと、そのまま旗を構えてペインに素早い突きを繰り出す。

召喚が強みではあるものの、武器を使った接近戦ができないわけではない。

「嬉しいね」

「流石、器用だな」

「【砂の群れ】！」

リリィは呼び出した兵士をペインに向かわせ、常に複数人で取り囲む。

一対一ならペインが優位だが、次々に生み出される援軍が、リリィに一撃を加えるだけの余裕を作らせない。

カスミがハクと共に兵士の対応を続けている分、これでも人数差はマシになっている方だ。

「【カバー】！　ネクロ【死の重み】！」

「【断罪ノ聖剣】！」

クロムがペインに合わせて前に出て、リリィの移動速度を低下させつつ周りの兵士の攻撃を引き受ける。

自身へのプレッシャーが弱まったその瞬間。ペインはリリィに対して一気に斬りかかる。

「【その身を盾に】！」

リリィは召喚した兵士を呼び寄せて、無理やりペインの攻撃を庇わせると、手に持った旗で前方を薙ぎ払いバックステップで距離を取る。

「大丈夫ですかリリィ」

「ああ。しかし……この三人相手ではやはり厳しいね」

ペイン達はウィルバートがバフを撒くことに徹しているのを見て、二人の戦法がシナジー重視の単純なものでないことを確信する。

今の場面であればバフを撒くよりも、ウィルバートが攻撃に参加した方が効果的なはずだ。

そうしないのはできないか、できたとしても何か大きなデメリットを背負うか。そんな予想が立つ。

「カスミ、このまま押し切りたい」

「分かった。合わせよう」

「防御は俺に任せてくれていい」

距離を取られて、ウィルバートに交代され即座にカスミが射抜かれる。それが最悪のケースだ。

ハクのＨＰも兵士によってじわじわと減っている。下手に長引かせず早めに仕掛けるのがベストである。

手短に作戦を共有した三人はタイミングを合わせて、一気に畳み掛ける。

「【剣山】！」

「【破壊ノ聖剣】！」

ハクの体当たりに合わせて二人のスキルで兵士達を一掃すると、三人は空いたスペースに飛び込んでいく。

「ウィル。やろう」

「……！」

リリィの呼びかけにウィルバートは小さく頷いた。

「【休眠】」

リリィの宣言は三人にとっても聞き覚えのあるもので、だからこそ違和感があった。

テイムモンスターを呼ぶなら【覚醒】のはずだろうと。

「【権能・天罰】」

「【心眼】！」

ウィルバートの宣言したスキルがバフでないと判断したカスミは即座に【心眼】を使用する。

一帯に降り注ぐ赤い柱は攻撃が行われる場所を示す。それを見るやいなやカスミは素早くハクを指輪に戻して叫んだ。

「クロム！」

「【守護者】【ガードオーラ】！」

降り注ぐ光の柱が通過した部分にダメージを与える。攻撃を受け続けることがないよう範囲外に脱出した三人は発生源である空を見上げ、その存在を認知する。

雲が流れ、晴れた夜空にうっすらと浮かび上がったのは、巨大な眼とそこから広がる亀裂のような枝のような模様。

遥かな空から地上を見下ろすその眼を見て、三人はウィルバートの素敵能力の根源を理解した。

「おおう……すげえもんテイムしてやがったな」

「私達のは特別製でね。二人で制御しているのさ」

「ここからが本番というわけか」

「なるほど。尚更通すわけにはいかなくなった」

一つのテイムモンスターの能力を分け合う形で、リリィとウィルバートは二つの指輪を使って天上の眼の力を借りている。

【休眠】の仕様も特別だ。どちらかが【休眠】を使用すれば、分け合っていた能力が片側に流れ込むだけでなく、スキルも解禁される。

「では、ここからは二人で攻めるとするよ」

「見え過ぎるというのも何かと困ったもので……私としても早期決着としたいですね」

ウィルバートはより遠くまで見通せるようになったことで、強制的に頭に流れ込んでくる大量の情報に少し顔を顰めつつ背後に魔法陣を展開した。

「【権能・劫火】！」

「【玩具の兵隊】【ラピッドファクトリー】」

「くっ！　中々滅茶苦茶しやがるな！」

ウィルバートが展開する魔法陣からは権能と称したさまざまな属性の攻撃が放たれる。

先程までのバッファーとしての能力に加えて、魔法使いと言っても過言でない威力。ウィルバートの脅威度が一気に撥ね上がる中、クロムのガードによって得た余裕を活かし、舞い散る炎を斬り裂いてペインとカスミが駆ける。

「【範囲拡大】【守護ノ聖剣】！」

ペインの範囲攻撃が群がる兵士を薙ぎ倒し、リリィを守る壁を取り払う。

「【一ノ太刀・陽炎】【武者の腕】！」

一瞬の隙があれば飛び込める。カスミは素早くリリィの前まで転移すると三本の刀で斬りつける。

「速いな！」

リリィはカスミが振るう妖刀を旗で受けるものの、後方から振るわれる【武者の腕】が持つ刀がその身を斬り裂く。

「【権能・再生】」

「器用なものだな……！　【三ノ太刀・孤月】！」

ウィルバートにより回復したリリィに再度カスミが接敵する。召喚を中心とした戦闘スタイルのリリィと比べれば、機動力や一対一の強さはカスミが上回る。

「【再生産】」

「レイ、【聖竜の息吹（いぶき）】！」

輝くブレスが呼び出した兵士を吹き飛ばした所に、今度はペインが突進する。

「はっ！」

ギィンギィンと音を立てて、数度武器がぶつかり合う。優勢なのはペイン。武器を弾き、放った斬り上げがリリィの肩を深く斬り裂く。

「【傀儡（くぐつ）の城壁】！」

壁を生み出しリリィは再度距離を取ろうとするが、ペインとカスミはそれを許さない。

ウィルバートの生成する炎と水をも乗り越えて、生み出された壁を破壊し、もう一歩前に出る。

「【四ノ太刀・旋風】！」

リリィのガードの上から叩（たた）きつけられるカスミの強烈な連撃に、耐え切れず体勢が崩れる。

後一手。しかし、声が上がったのは後方だった。

「誘い込まれてる！」

「……！」

それは役割による速度の差。息つく暇すらない高速戦闘。引いていくリリィの動きは、カスミとペインがクロムを残して少し飛び出す形を生み出していた。

「ウィル！」

「【権能・重圧】！」

「ぐっ……！」

足を止められるのはクロム。そこは【カバームーブ】の範囲外。

一瞬の逡巡。その隙にリリィが僅かに距離を空ける。カスミはすぐさまペインとアイコンタクトを交わした。ここは引く。

「「【クイックチェンジ】！」」

それと同時、リリィとウィルバートの装備が切り替わる。戦闘スタイルの変化。射程は大きく変化し、一撃必殺の矢が狙いを定める。

引かせなどしない。詰めさせもしない。

「【始マリノ……！」

最速の一射。早撃ちなら負けはしないと、カスミの転移に先んじて放たれた一本の矢は、正確な狙いでもってカスミの体の中心を貫いた。

「ぐっ……！」

上手くいった。リリィとウィルバートに流れるほんの少しの安堵。死の間際、カスミはその隙を見逃さなかった。

「【身喰らいの妖刀】」

「何だ？」

「これは……！」

消えていくカスミが最後に宣言したスキルによって、地面に突き刺さった血に濡れた何本もの妖刀が現れ、薄紫の霧が辺りを包み込む。

それはカスミのステータスの一部と引き換えに放つことができる解除不可能な長時間のデバフ。

一日一回という制限よりも重い、不可逆のリソースを要求するこのスキルの打ちどころはまさに今だった。ただで死んでやるつもりなど毛頭ない。多少のステータスで勝利を買えるなら、それほど安いものはないのである。

「後は頼む」

消滅するカスミの言葉にペインは一つ頷いて返すと、剣を握り直す。

「上手くやったと思ったけどね」

このデバフが残っている状態ではペインとクロムを相手にすることはできない。

これがこの作戦を必ず成功させるための最終手段。ベルベットとヒナタの援護には行かせない。

このままここにいてもできることが何もないことを悟った二人は素早く決断する。

「【休眠】」

「【覚醒】！」

「レイ【全魔力解放】【光の奔流】！」

ペインが輝く聖剣を振りかぶる中、ウィルバートは天上の眼の権能をリリィに全て移譲する。

「【権能・超越】【陣形変更】！」

「【範囲拡大】【聖竜の光剣】！」

二人の姿が消失し、そこを光の波が飲み込んでいく。その勢いは止まることなく、暗いフィールドを照らし出しながら薙ぎ払った。

「届いたか……？」

町で見た【陣形変更】の移動距離ならば届いていてもおかしくはないが、確認する方法はない。

「悪い。俺が出遅れた」

「いや、俺達が出過ぎたせいだ。距離を取られて、ウィルバートに切り替えられないように攻めたことが裏目に出た」

リリィが装備を切り替えようものなら、防御能力は一気に低下する。その瞬間に薄くなった前線を突破して勝ち切れるように狙っていたが、リリィとウィルバートの装備変更を交えた戦い方の練度が上回った。

「カスミに申し訳ねえな。何としても勝たねえと」

「リリィとウィルバートは戦闘参加はできない。反転しよう」

カスミが倒されてしまったものの、代わりに二人を戦場から除外することには成功した。

痛み分け。これを有利へと傾けるため、クロムとペインは援軍としてメイプルとサリーの方へ向かうのだった。

五章　防御特化と最強コンビ。

雷鳴。降り注ぐ雷の雨が激しさを増す中、宙に浮いたヒナタを連れたベルベットにサリーが迫る。

「自由に動かれると、苦しいっすね！」

「そのまま負けてくれて構わないけど？」

「そうはいかないっす！」

メイプルの【身捧ぐ慈愛】の効果範囲内のサリーは、ベルベットの電撃もヒナタのデバフも一切気にする必要がない。

トップクラスの二人による攻撃を全てその身で受けながら、メイプルは無傷のまま健在だ。

「【攻撃開始】！」

「【氷壁】！」

ヒナタがメイプルから放たれる銃弾を氷の壁で受け止めてベルベットを守ると、ベルベットは振るわれるサリーの短剣をガントレットで弾く。

遠距離からのメイプルの攻撃にはヒナタが、サリーにはベルベットが対応する。

それは必然とも言える。目の前にサリーが張り付き苛烈な攻撃を続けている状況で、メイプルからの攻撃に意識を割けるほどの余裕はないのだ。

サリーの攻撃に集中していなければ、いつその首が飛んでもおかしくない。

ただ、二人もやられっぱなしでいるわけにはいかない。

「【氷山】」

「【紫電】！」

「わわっ！　っ、サリー！」

足元からせりあがった氷がメイプルを撥ね飛ばす。ダメージはないが、目的はメイプルを移動させること。

ベルベットの狙いは【身捧ぐ慈愛】の範囲外に飛び出るサリーだった。

「……流石に反応が早いっすね」

「まあね」

弾ける雷が収まった先でサリーはどうということはないという風に武器を構え直す。

【身捧ぐ慈愛】の範囲が後方へ急速に移動したにもかかわらず、サリーは素早く反応してバックステップで合わせることでベルベットの雷撃を無効化したのだ。

「このままじゃあ勝てないっすね」

「はい」

氷山に撥ね飛ばされて壊れた兵器を再展開しつつ、一切ダメージを受けずに立ち上がるメイプルを見て、二人はやはりサリーではなくメイプルを狙う必要があると再認識する。

【不屈の守護者】がないといえど、メイプルを脅かすためにはあの防御を突破する必要がある。多くのプレイヤーを葬った雷の雨もメイプルの前には無力なのである。

「それに、今のサリーは怖いくらい隙がないっす」

かつて決闘をした時とは別人のよう。横をすり抜けメイプルの方に向かおうとすると的確に進路を塞（ふさ）いでくる。そんなサリーに貫通攻撃を当て、メイプルにダメージを入れるのは横をすり抜けるよりも現実的でない。

ベルベットの範囲攻撃。ヒナタの移動妨害。サリーにとって都合の悪いスキルをメイプルが全て止めている。

メイプルを倒すにはサリーを、サリーを倒すにはメイプルをどうにかする必要がある。

「打つ手がないとは思ってないけど……来ないならこっちから行くよ」

「……！」

サリーの雰囲気が変わったことを感じ取って、ベルベットとヒナタも次の動きを注視する。

「【雷神再臨】【稲妻の雨】」

サリーから弾ける雷が拡散し、空から雷の雨が降り注ぐ。

二人がそのスキルを見間違うはずがない。それはベルベットが使うものと全く同じ、威力も範囲もよく知った戦いの中心に据えるスキルである。

ベルベットは雷の雨の範囲外へと瞬時に下がると目の前の景色に目を丸くする。

「コピーとか……そういうやつっすか」

「準備はしておきます。確認しないことには……」

リリィから聞いた話では、サリーはペインやメイプルのスキルも使っている。

ペインのスキルが幻だったように、これもそうである可能性はある。

「怖がって逃げていても意味ないっすよね！」

ベルベットはあの雷の雨を避けられる程の技術は持たない。そんな異常な回避力を持つのはそれこそ目の前にいるサリーくらいだ。

それでも、メイプルを倒すにはサリーが放つ雷撃の中へ踏み込まなければならない。

「【エレキアクセル】！」

ヒナタに【光魔法】による回復を構えさせたうえで、ベルベットは意を決して加速し雷の雨の中へ飛び込む。

降り注ぐ雷はすぐさまベルベットに直撃し、しかしそれはそのまま体をすり抜け地面で弾けて消えていく。

「思い切りいいね」

「やっぱり幻っすか！」

「ま、そんなとこ！」

サリーは距離があるうちに開いた青いパネルを閉じ、取り出したアイテムでバフをかけ直すと、電撃を纏い二本のダガーを構えてベルベットに迫る。雷を気にする必要がなくなったベルベットもメイプルの攻撃に対する防御をヒナタに任せてサリーの攻撃に集中する。

【身捧ぐ慈愛】により輝く地面の上で、二つの影が衝突する。ベルベットのガントレットとサリーのダガーがそれぞれの攻撃を的確に受け止め、金属音と共に火花を散らせる。

「【紫電】！」

サリーのダガーから電撃が迸り、ベルベットの視界を埋め尽くす。

着弾まではベルベットのそれと変わらない。ベルベットは安全に距離を取りつつ回避する。

「幻でも厄介っすね！」

視界を奪って詰めてきたサリーはそのまま方向を変えてベルベットを追う。

「【氷壁】【氷槍】！」

メイプルとの間に氷の壁を作り、射線を遮るとヒナタはできた余裕でサリーに氷の槍を放つ。

「【氷槍】！」

サリーは容易くそれを回避すると同じように氷の槍をベルベットに放つ。

それにはもう怯まない。

そのまま前進しサリーに迫るベルベットの左肩に直撃した氷の槍は、予想に反し音を立てて砕け散った。

「なっ……⁉」

飛び散る氷の破片。そして確かなダメージエフェクト。予想外の事象がベルベットの動きを鈍らせる。

「朧【幻影】」

「っ！【電磁跳躍】！」

分身を生み出し追撃へ移るサリーからスパークを残して離れる。

しかし、目の前の壁から外れたところを見逃す程、今のメイプルの判断力は鈍くない。

「【攻撃開始】！」

放たれた数本のレーザーが空中のベルベットに迫る。使い続けてきた武器による的確な射撃は確かにベルベットを捉えていた。

「【重力制御】」

空中のベルベットが、見えない何かに突き上げられるように突然跳ね上がる。

狙いが的確だったこともあって、そのズレはレーザーを回避するに足るものになった。

「助かったっす！」

ベルベットはそのまま空中を走り抜けて、メイプルの射撃を避けて地面に降り立つ。

メイプルもまたベルベットの貫通攻撃を避けるべく距離をとっていたため、攻撃の着弾にタイムラグがあることはベルベット達にとって幸いだった。

とはいえ、浮上した新たな問題が二人の頭を悩ませる。

「幻じゃないんすか⁉」

「見破ってみてよ」

分身を引き連れて向かってくるサリーを観察するベルベットは、サリーの周りで弾ける眩しい電撃の中に紛れて、いつの間にかヒナタのそれに似た白い霧が発生していることに気づく。

それは冷気。これによるものか、これも二人を惑わせるためのブラフなのか、それは二人には分からない。

「とりあえず氷は避けるっすよ！」

ダメージは大きくない。ヒナタの基本的な回復魔法で傷を治すと、得体の知れないサリーに向かってベルベットは再度駆け出した。

「……」

まず一つ上手くいったとサリーは再度集中する。

ベルベットにはいつもの装備に見えているこの装備は、実際は【偽装】によって見た目を揃えた二種のユニークシリーズで構成されたものだ。

実際に放ったのは水。スキル名とエフェクトをヒナタのものに合わせ【氷結領域】によって凍結させることで行われた模倣。仕組みを知らなければ、ヒナタのスキルをコピーしたと考えるのが普通だ。

「【ウィンドカッター】！」

サリーは牽制しつつ距離を詰める。【身捧ぐ慈愛】がある今、貫通攻撃を受けたり、範囲外に出たりしなければ他の攻撃はどれも脅威にはならない。

【虚実反転】は残したまま、サリーは次の手を準備する。

「メイプル！」

「……！」

呼びかけてのハンドサイン。事前に決めておいたそれはサリーの意図を適切かつメイプルにだけ分かるように伝える。

「【氷柱】！」

生み出した柱を、ベルベットの動きを制限すると同時に、糸を使っての高速移動にも使いベルベットの前までやって来る。

サリーの速度ならこの距離などないに等しい。

「【攻撃開始】！」

固定砲台となったメイプルから弾丸がばら撒かれる。当たらない軌道のものは放置され、当たりうるものが氷の壁と重力による引き寄せに阻まれていく。

ただ、それでも対応にヒナタのスキルが使われたその隙に、サリーがそのまま懐へ飛び込む。

「【ダブルスラッシュ】！」

「【振動拳】！」

スキルによる決められた動き。それは基本触れることすら許さないサリーにも生まれてしまう隙。

赤い輝きを纏って振るわれるダガーのうちの片方をガントレットで弾き、ベルベットは拳をねじ込む。

「【キャンセル】」

サリーがそう口にすると同時、振るわれるはずの次のダガーは予想した軌道を外れて、突き出したベルベットの拳をガードする。

スキルのキャンセル。そんなスキルをベルベットは聞いたことがない。

サリーが半身になって前へ一歩踏み出す。ベルベットがそれに対応しようとしたその時。

「……!?」

脇腹にダメージの感覚。

咄嗟にそちらへ意識が向く。深々と、何かが抉っていったような傷跡。溢れるダメージエフェクトはその攻撃の威力を物語る。

「【重力制御】！」

思考が一瞬止まったベルベットをヒナタは冷静に強制的に後方へ撥ね飛ばして救出する。

「【氷の城】【ヒール】！」

メイプルが攻撃を庇うことで、サリーが自由に動けるとはいえ物理的な壁は越えられない。

「何とか……ちょっと、困ったっすね！」

「大丈夫ですか？」

決闘の時は全力ではなかったサリー。分かってはいたものの、これは二人の想定以上だった。

氷の壁に阻まれたサリーは、背後のメイプルにナイスとばかりにグッと親指を立てる。

練習してきた連携。難しいものにはなるが、今の自分なら実行できるとサリーは自信を深める。

サリーは二つの仕掛けを打った。

【キャンセル】などというスキルはなく、あれは【ダブルスラッシュ】を完璧に模倣しただけにすぎない。【偽装】と技術によってスキルは再現でき、発動していないなら中断もできる。

それはただ武器を振っているだけなのだから。

そして、ベルベットに与えた深手。ヒナタが防げずベルベットが反応できなかった一撃。

ギリギリまで自分の体で隠したメイプルの銃弾。

範囲内に入った瞬間に【蜃気楼】によって遠く外れて飛んでいったように見せかけられたそれは、半身で踏み込んだサリーの横をすり抜けて、不可視の弾丸となりベルベットを貫いた。かつてメイプルの盾に使ったように、サリーは銃弾を消して見せたのだ。

「次は詰めきる……！」

仕組みを知らない状態で、ゆっくり考える暇もない戦闘中の看破は不可能。

そう確信しているサリーは、氷の城壁から空中に飛び出して着地したベルベットを見据える。

「すごいっすね！　一体どうなってるっすか？」

「残念だけど言えないかな」

「本当に分かんなかったっす！　あれじゃあ対応もできないっす……だから」

踏み込もうとしたサリーはベルベットが何か決意を固めたらしいことを感じ取って足を止める。

「対応するのは止めるっす」

細かいことを考えていてもサリーに追いつけない。ヒナタを連れてなお、ベルベットは駆け引きでサリーを上回ることが難しいと理解した。

正体不明の攻撃によって不利を背負い続ける以上長期戦は不利。ならばやるべきことは細かく相手の動きに合わせることではない。

すべきこと。それは自分の強みを押し付けることだと割り切ったのだ。

「【頂への渇望】」

「……！」

突如迸った青いオーラ。サリーがそれを視認した直後。ベルベットは異常な速さでサリーの隣を駆け抜けた。

反応では追いつけない速度。暴力的な加速でもってベルベットはサリーを振り切る。

「【超加速】！」

「【超加速】！」

加速するサリーに合わせてベルベットが再度その速度を上げる。

「メイプル！」

追いつけない。そう確信したサリーはメイプルに注意を促す。

「【攻撃開始】！」

メイプルが狙いを定めて放った銃弾を、桁違いの加速と【重力制御】による空中移動で回避する。

こうも激しく動き回られてはメイプルの攻撃も当たらない。

「【コキュートス】」

【身捧ぐ慈愛】がある限りサリーに使っても遠く離れたメイプルが動けなくなるだけ。

ただ、メイプルを狙う限りその効果は問題なく発揮される。

「【脆き氷像】【錆びつく鎧】【星の崩壊】」

メイプルも見たことがあるものをはじめとして、次々に降り注ぐデバフ。しかし、メイプルもここまで多くの敵と戦ってきた。自分の弱点はよく分かっている。

「【ピアースガード】！」

ヒナタが【思考凍結】でスキルを封印するより先に、貫通攻撃に耐性をつける。

「【紫電】！」

ベルベットもまたメイプルの盾の危険性を知っている。凍りついて動けないメイプルに弾ける電撃を放ち、やがて盾が反応しなくなったのを見て突撃した。

「【思考凍結】」

「【闘気覚醒】【爆砕拳】！」

纏うオーラを強めながら、側面に回ったベルベットがメイプルに拳を振りかぶる。

【ピアースガード】は効いている。メイプルは防御は考えず攻撃に意識を割く。

しかし、それを遮ったのは何とサリーだった。

「【変わり身】！」

メイプルの位置が瞬時にサリーと入れ替わり、ベルベットの拳をギリギリのところで回避する。

「【鉄砲水】！」

噴き出した水によってベルベットの体勢を崩すと再度メイプルを守るように間に立ちはだかる。

「さ、サリー？」

「……どうして分かったっすか？」

不思議そうなメイプルを余所に、ベルベットがサリーに語りかける。

位置を入れ替える。ベルベットがまだ見たことのなかった強力なスキルを切ってまで、サリーがメイプルを守る理由など今この瞬間にはなかったはずだと。

『作戦』は成功するはずだったのだと、ベルベットは怪訝そうな顔でサリーを見る。

「私達のギルドには色んなスキルについて知ってる、特別物知りな人がいるからね」

「知ってたってことっすか」

「貫通攻撃じゃない。でしょ？」

カナデは【神界書庫（アカシックレコード）】で見たことのあるスキルの効果文、コスト、名称を完璧に記憶している。

サリーは時間をかけてそれを教わり、今日までに全（すべ）て頭に叩（たた）き込（こ）んできた。

【爆砕拳】はその中に確かにあった。

それは超高威力の攻撃。しかし、それだけだ。

「あはっ！　そうっす！　でも……次はないっすよ！」

ブラフ。その可能性もある。しかし、それは割り切って攻めてきた今のベルベットらしくない。

「メイプル、気をつけて。【ピアースガード】は貫通攻撃を防ぐだけ」

もしも、ヒナタによる他に類を見ないデバフに後押しされたベルベットの重い一撃が、想像以上の破壊力を持つとするならば。

メイプルもサリーの言葉の意味を理解する。

今のベルベットはメイプルの防御を正面から突破できる。少なくともあの二人はそう認識している。一連の動きを見るにそう考える方が妥当だ。

「危ない時は私が弾く。信じて」

「うん、分かった」

メイプルの反応速度ではベルベットの高速の攻撃に盾を合わせられない。故にメイプルは攻撃に専念し、サリーが防御に回る。

速度で上回るベルベットに振り切られないようメイプルとサリーは近くに立ち、目の前の二人に武器を向ける。ここからは二人で二人を庇い合って敵の隙を窺うのだ。

雷の雨は依然としてノーダメージ。注意すべきはあの拳だけだ。

「【疾駆】！」

ベルベットが二人に向かって駆ける。サリーが持たない加速スキルによって【超加速】が切れたサリーを遥かに追い抜く。ただ一撃をメイプルに叩き込むために。

「【攻撃開始】！」

射撃をサイドステップで回避し、ベルベットが接近する。メイプルの旋回よりもベルベットの移動の方が速い。

「【豪雷】！」

発生した雷の柱がメイプルを飲み込む。それはダメージを期待したものでなく、兵器を破壊するための雷撃だ。

「【古代兵器】！」

青いスパーク。メイプルの周りに浮かんだ黒いキューブがバキンと割れて円筒状に変形して回転し始める。

それは高速の連射でもって、近づこうとしたベルベットに青く輝く光弾を放つ。

「っと！」

「【砲身展開】！」

壊された兵器を再展開し、ベルベットに追撃を加えるが、時間と共にさらに加速するベルベットを捉えるには至らない。

銃弾すら振り切ってメイプルに向かうベルベットをサリーが遮る。

「【氷槍】」

放たれた氷の槍。嫌なイメージがベルベットの頭をよぎる。

回避を選択し、軌道から体を逸らした所にサリーはダガーを振るう。

「私の方が速いっす！」

ブレーキをかけてステップを踏みサリーのダガーを躱したところで、ベルベットの肩からダメージエフェクトが噴き上がる。メイプルは近く、弾もいくらでもある。背中に目がついているかのようにメイプルの射撃を認識しているサリーなら好きなものを【蜃気楼】で消し放題だ。

「っ、また……！」

正体不明の攻撃。しかし、もう怯まないと決めた二人は回復をかけてそのまま突っ込む。

「【凍てつく大地】！」

ヒナタがメイプルを拘束すると、二人はサリーの隣を抜けてメイプルに肉薄せんとする。

「っ！」

「私だって出し惜しみはしない」

ベルベットに、今までよりも深く、重いダメージの感覚。腹部を斬り裂くような傷跡はメイプルの銃弾やレーザーによるそれではない。

「【滲み出る混沌】！」

「【氷壁】！」

意識がメイプルから逸れた瞬間。放たれた化物の口が氷の壁と衝突し、派手に爆ぜる。

「【トリプルスラッシュ】！」

サリーの声にベルベットが振り返り目を丸くする。そこにはベルベットが斬り裂かれた理由があった。

サリーが片手に握るのは青いダガー。もう片手に握るのは、灰色の長剣だった。

サリーは勢いもそのままにベルベットに斬りかかる。

「っ、まだ変なことできるんすね！」

「【キャンセル】！」

当然スキルなど発動していないサリーは、ベルベットを引きつけて動きを変化させ、そのまま長剣を突き出す。

「【変容】」

突き出した長剣は槍になって、突然変化したレンジがベルベットを貫くに至る。

ベルベットが下がったのを見てサリーは武器の見た目を全く同じ青いダガーに戻すとそれを背中

に隠してくるくると回して持ち替える。

もう偽物はどちらか分からない。

「そんな厄介なものばっかり、どこで見つけてきたのか教えて欲しいっす」

スキルのエフェクトも、武器や見えているものさえ偽物。【偽装】によってスキル名も毎回変えられるようになった今、正確に全てを認識しているのはサリーだけだ。

押し切ろうとするベルベットを冷静に攻める。ベルベットの出力は高いが、まだこの勝負は自分の制御下にあるとサリーは感じていた。

「………」

とはいえ、それも薄氷の上の有利だ。それでも余裕そうにしていることは牽制になる。

得体が知れない。それはいつもはメイプルの役割だが、今回はサリーの担当だ。

勝ち筋は頭の中に描けている。しかし。

「【毒竜】【攻撃開始】！」

メイプルが攻めているうちに、サリーは思考をまとめる。

サリーの中の不安要素。それはベルベットとヒナタのスキル構成。

ベルベットにもヒナタにも二つの軸がある。雷と格闘術、氷と重力。

それも他のプレイヤーが使う所を見たことがないスキルだ。二つのユニークシリーズを保有し、混ぜて使うサリーだからこそ分かる。この二人もおそらく同種、複数のユニークシリーズを持って

がある。

いる。だが、そのうえで見た目を【偽装】することで誤魔化しているサリーと違い装備品に統一感

「こっちもある程度は割り切るしかないか」

そうであるなら、考えることは一つ減る。楽観視はできないが可能性の一つとして頭の隅に入れておいた。

「メイプル、時間切れと同時に私が仕掛ける」

「分かった！」

無制限に使えるなら【頂への渇望】など最初から使うはずだ。そうしないのは、そうでないから。だとすれば、相手も黙って待ちはしないはず。ここが最後の正念場だと、サリーはインベントリを開きアイテムでバフを掛け直して気を引き締める。

「ベルベットさん」

「……頼むっす！」

ベルベットは迷いを振り切ってそう返す。

リスクは覚悟でここへ来たのだ。中途半端に引くくらいなら全て出し切る方がいい。

「いきます！」

「分かったっす！」

「【ゼロ・グラビティ】！」

「わわっ⁉」

「メイプル！」

サリーは悪い予感が一つ当たったと険しい表情を浮かべる。

ヒナタから紫の光が辺りへ拡散した直後、地面に固定されていないものは全て浮き上がった。

飛ぶ弾丸も、地面を濡らす毒も、降り注ぐ雷さえ。サリーの分もスキルを受け止めたメイプルだけが無防備に空中に浮き上がったのを見て、重力を制御下に置くヒナタの助けを借りベルベットは空を駆ける。

「ヒナタ……！」

「【攻撃開始】……えっ⁉」

新たに撃った弾丸が着弾より先に勢いを失いふわふわと空に浮かんでいくのを見て、メイプルは目を丸くする。

「【氷柱】！　【糸使い】！」

一人浮かばなかったサリーは空へと向かう。

それでも、空中での機動力は重力を自在に操る相手の方が上回る。

「遅いっすよ！」

「【脆き氷像】【錆びつく鎧】【星の崩壊】」

「メイプル、切って！」

「【暴虐】！」

「【爆砕拳】！」

サリーの声に迷いなく【暴虐】を使い化物の姿になったメイプルの体にベルベットの拳が突き刺さり、凄まじいダメージエフェクトと共に肉が弾けて飛び出たメイプル本体が地面へと叩きつけられる。

「【覚醒】！　シロップ【大自然】！」

「【氷柱】！」

メイプルはシロップによる蔓で、サリーは氷の柱で二人を妨害し、浮かび上がらないよう糸で地面にメイプルを繋ぎ止める。

動けなくはなるものの、浮かぶよりはずっといい。

「のんびりしてもいられないっすから！　行くっすよ！」

これでもうメイプルを守るものはサリーのみ。あらゆる飛び道具を無力化した今、メイプルに武器はなくなった。サリーの守りを越えること。それが最後にして最大の障壁だ。

最後の勝負に出たベルベットを迎え撃つためサリーが前進する。

「【極光】！」

「……！」

サリーが持っているはずのないスキルの発動と共に、メイプル諸共サリーの姿が光の柱の中に隠れる。

どう動いてこようとも速度の差で振り切る。そう決めて大きく回り込むように走るベルベットの体を、見えない何かが斬り裂く。

「またっすか……！」

ヒナタの氷と重力の防御を抜けて、サリーは的確にベルベットに攻撃を繰り返す。

続けて腕、足。メイプルに近づこうとする度に体のどこかからダメージエフェクトが弾ける。

それでも二人は体力を回復し、チャンスを窺う。

【極光】の光が収まり、サリーとメイプルの姿が見えるようになった瞬間、ベルベットは一気にメイプルへ向かった。

「通さない」

「「【覚醒】！」」

「……！」

ベルベットとヒナタの宣言にサリーが一瞬身構える。想定できる最悪のパターンを瞬時に思い描き、高速で思考を回転させる。

「ブラフ。違う？」

サリーが前進しダガーを振るう。それは途中で大剣へと変化し、ベルベットを浅く斬り裂く。

「流石(さすが)っす」

鮮血のように弾けたダメージエフェクト。

二つのタイプの強力なスキルを使い分ける二人。許容せざるを得なかった強烈なデメリットは、装飾品の枠を全て戦闘用のスキルのあるアクセサリで埋めること。

【絆の架け橋】は二人には装備できないのだ。

それでも。長い間隠し通したその事実は、サリーの攻撃をほんの一瞬遅らせた。

ここで、その一瞬を買えるならそれだけで十分だったのだ。

肉を切らせて骨を断つ。ベルベットはダメージを受けながら、サリーの隣を高速ですり抜ける。

「【砲身展開】！　【攻撃開始】！」

「【鉄心】！」

避けている余裕を与えてくれるサリーではないと、ベルベットは効果時間は短いものの強力なダメージカットとヒナタの防御にものを言わせて弾幕の中を最低限の回避で走る。

「【紫電】！」

電撃でメイプルの武器を破壊して、射程圏内に飛び込んだ。

「【古代兵器】！」

メイプルは壊されない兵器を展開し、突き出した右手に合わせてスパークを放つ黒柱が回転を始める。

「ヒナタ！」

「【脆き氷像】【錆びつく鎧】【星の崩壊】！」

「【爆砕拳】！」

メイプルが構えた兵器が攻撃するよりも早く、ベルベットの拳がメイプルを捉える。

回避など当然できるはずもなく。

それは二人にとっての悪い想像通り、メイプルの防御力を正面から突破し、HPバーを吹き飛ばす。

それでも。メイプルはダメージに表情を歪めつつ、突き出した右手の周りで激しさを増すスパークをじっと見ていた。

「【カウンター】！」

「っ【雷獣】！」

右手から青い光が溢れる。ただ1だけ残ったHP。生きているなら、まだ動ける。ベルベットの必殺の一撃をそのまま自分の攻撃に乗せて、緊急避難のため巨大な白虎になったベルベットを今度はメイプルの放つ極太の青いレーザーが貫き遠くへ吹き飛ばして、遥か地平の果てへ抜けていった。

「メイプル！」

「うん！」

そこにあったのは絶対の信頼。サリーが何も言わずベルベットを通す時。それはメイプルが生き残れる確信がある時だ。

故に回避も防御も不要。攻撃だけを考える。

ただ、サリーの判断に命を預けて。


バフをかけ直すふりをして時折確認していたタイマー。サリーによる秒単位の正確な時間管理を前提として、この時間に作戦を決行したのだ。

今この瞬間、時計は十二時を数秒だけ過ぎていた。

「……っ」

「次は私達の番」

ベルベットにサリーが詰める。まだ速度に差はある。撤退か、応戦か。

サリーは迷わない。こちらの策はこれが全(すべ)て、あとは詰めるのみ。

「【神速】！」

「それは……！」

サリーの動きを止めようとしたヒナタが目を見開く。本来ドレッドの持つスキルによって、サリーは姿を消したのだ。

「ベルベットさん！」

左側、空間が歪みサリーが姿を現す。怪しくとも対応しないわけにはいかない。

「【氷槍】！」

ヒナタの氷が直撃した所で、二人もそれが幻であると察する。本物がこれに当たるはずがない。本体は右。【蜃気楼】で注意を引いたサリーは【神速】により距離を詰め、左手から伸びる糸をぐんと引く。

その先に繋がっているのは回復を済ませたメイプル。

その胸元。崩壊した鎧の奥から覗く、バチバチとスパークする赤黒い球体。二人まとめて吹き飛ばせる【ブレイク・コア】が光を強める。

「まず……っ」

「走ってください」

短くそう言うと二人を繋ぐ重力のパスを断ち切って、ヒナタはベルベットの前に飛び出る。

「【隔絶領域】！」

対象は自分とメイプル。ヒナタから広がる紫のドームが二人を干渉不可能な別空間に閉じ込める。

「ええっ⁉」

「ふふっ、させません」

ヒナタが柔らかく笑った直後。メイプルを中心に発生した爆発はヒナタの生み出した空間全てを埋め尽くすのだった。

六章　防御特化と最後の休息。

「だぁっ！　ペインそれ届かねえかあ！」

「仕方ねー。ペインは斬り合えるなら最強だが、上手くやられたな」

観戦エリアではほぼ同時に始まった激戦が順に決着し、戦闘の中で倒れたプレイヤーが転送されてくる。

悔しそうな声を上げるのはドラグだ。

ペインの放った光の奔流は僅かにリリィとウィルバートを捉えるには至らなかったのである。

そうして戦闘の行方を見守っていたドラグとドレッド、ミザリーとシンの四人の元にマイとカスミ、マルクスとヒナタがやってくる。

「二人ともごめん。ミィは守ったんだけど」

「十分十分！　それに流石にあれは読めないって」

「だよね……」

「咄嗟にミィを守ったのは大きいと思いますよ」

やることはやった。あとは残った面々に託すしかない。マルクスとしてもミィになら託せると思って守ったのだ。

「ユイ、上手くいったんだ……よかった」

ユイがおらずマルクスがここに来ているのを見て、同じく転移してきたマイはほっと息を吐く。

それは二人が立てた作戦が上手くいったことを示しているからだ。

ミィを倒すという一番の狙いこそ達成できなかったものの、マルクスを倒せたのなら胸を張っていい戦果だと言える。

「おう、二人ともナイスだったぜ！　思い切った作戦で裏をかいた！」

「ま、あれを真似できる奴は他にいねーわな」

「あ、ありがとうございます！」

空にプレイヤーを打ち上げるのも、攻撃を弾き返すのもマイとユイにしかできないことだ。

「にしてもメイプル譲りのクソ度胸だな。できるからって花火みたいになりてぇか？」

「別の手を探すだろうな」

ドラグのもっともな感想にドレッドも同意する。

「僕は嫌だけど……」

「私も遠慮したいですね」

「あれカナデもよく合わせたよなあ」

両陣営の面々がそうやって話す中、ヒナタはそわそわと落ち着かない様子でモニターを確認していた。

「ベルベットが気になるか？」

「カスミさん、はい……やっぱり」

戦闘が終わったことでモニターの映像はあちこちの少数戦に移り変わっており、その後の追撃戦がどうなったかははっきりしない。

「こちらとしては討ち取りたいところだが、この様子をみるに……」

「ミィさんとの合流に成功しているといいのですが」

ベルベットとミィがここにやってこないことが、その後の結果を示している。

ベルベットのステータス強化が切れるまでにはあと少し猶予があった。

ヒナタとしては、閉じ込められたメイプルに気を配る必要があるサリーを、速度の差を活かして振り切ってくれていることを願うばかりである。

「メイプルとサリーが勝ってくれたのならそれでいい。私の役割はペインが担ってくれるだろうからな」

機動力のあるアタッカー。それぞれ個性はあれど、役割として見た時に代わりになれるプレイヤーは多い。

だからこそ、カスミは危険も承知で攻めたのだ。

結果、代わりがいないと言えるヒナタをメイプルとサリーが倒してくれたのなら、リリィとウィルバートの前に立った意味もあるというものである。

そうしてモニターを見つつ少し待ってみたものの、どうやら次の戦闘は発生しなかったようだ。

そんな二人の元に、そっちの二戦の話も聞きたいとシンが声をかける。

「カスミー、まだそんなデバフ隠し持ってたのかー？」

「隠し持っていたわけではない。使う機会がなかっただけだ」

「【楓の木】ならデバフはいらなそうだもんな」

シンはチラッとマイの方を見る。デバフなどなくても敵が弾け飛ぶ光景など容易に想像できる。

「二人には上手く釣り出されてしまったな。クロムには申し訳ないことをした」

テイムモンスターによって、ウィルバートがヒナタにも負けない強烈な移動妨害を使えるようになったのは誤算だったと言える。

クロムとしてもあれがなければ追いつけるはずの距離ではあったのだ。

「俺の責任でもある。俺が生き残っていれば」

ドレッドとシャドウがいれば、緊急避難も移動もより柔軟に行えた。元々夜はドレッドを中心に動く予定だったのだ。そんな中心人物の早期退場は戦闘の行方を変えるものとなった。

「後でフレデリカに言われるぜ」

「今回は仕方ねー」

「ヒナタとベルベットもおしかったね……」

「すみません。勝ち切れる想定だったのですが」

ヒナタ達にとってもメイプル達を倒し、ここで一気に勝ちに傾けるつもりでの囲い込みだったのだ。メイプルを倒せば残ったサリーにも優位が取れる。そうしてそのまま【炎帝ノ国】と合流する予定だったが、サリーのパフォーマンスがベルベットとヒナタの想定を上回った。

「ああそう！　サリーはあれどうなってんだ？」

「すごい動きでしたね」

「そんなに？　僕は見られなかったから……」

「戦ってみて何度も驚かされました」

実際に目の前で見たヒナタと、カスミのスキルを使われて倒されてからサリーの戦闘には注目していたシンがサリーについて話し始める。

「ドレッド、どうだ？　確か前に一対一でやってただろ」

「あれは第四回イベントの時に一瞬交えただけだ。今やったらきつい」

ドラグの疑問にドレッドは軽く首を横に振りながら答える。

「へー、意外だな。俺はドレッドも相当やると思ってたけど」

「流石に動きの精度がちげーわ。シャドウもタイマン向けじゃねーしな」

自分よりはペインの方がいい勝負になるだろうとドレッドは語る。

「そういえばサリーさんも【神速】を使っていましたね」

「えっ。もしかして……教えた？」

ミザリーの言葉を聞いて、マルクスがドレッドに尋ねるものの、ドレッドは心当たりがないという風に肩をすくめる。

「あれがなければ逃げる選択肢もありましたけど……」

速度を上げたうえで姿を消されたことで接近を許してしまった。

サリーが持っていない想定のスキルだったことも判断を遅らせる要因になっただろう。

「ますます警戒しないと駄目になるなあ。それに武器も何か変形してたんだよ！　スキルも妙だし」

「ええ……？」

マルクスはわかりやすく嫌そうな顔をする。それは化物になったメイプルを見た時と同じリアクションだった。

サリーの動きは特別に注目しておいて【炎帝ノ国】に一つでも情報を持ち帰ろうと、シンを中心に三人がモニターへ目線を移す。

ヒナタも残る【thunder storm】のギルドメンバー達の活躍を見守ることにしたようで、用意された椅子に腰掛けた。

「………」

そんな中、何とか【thunder storm】に借りは返せたと、ドレッドはふぅと息を吐く。

他のスキルの再現方法などドレッドは知らないが【神速】は正真正銘本物だ。

ドレッドが死ぬ前に出した手紙。それはフレデリカのスキル【伝書鳩】のことだ。このスキルはバフを届けるだけでなく、バフを届けた相手からスキルを送り返してもらうこともできる。

しかし強力な分、送り返せる人数は一人だけ。

故に効果の大きいスキルをいくつか持つドレッドがスキルを送ることに決まっていた。

「一応……役には立ったか」

「一矢報いることくらいはできたな。ノーツもお手柄だぜ」

「よせ、ドラグ。またフレデリカが調子に乗るぞ」

「はは！　乗せとけ乗せとけ、あいつはその方が動きいいぜ」

「……それもそうだな」

二人も引き続き観戦を続ける。目をつけていた有力なプレイヤーの脱落こそあったものの、イベント自体はまだ終わらないだろう。


カスミとマイもそのまま残ることにした。

ここからは次にここにやってくるのが【楓の木】の面々でないことを祈りつつ応援する時間だ。

「流石サリーだ。ウォーミングアップの時よりもさらにいい動きを見せたのだろう」

「カスミさんと戦っていた時もすごかったですけど」

「サリーは負けられない時ほどパフォーマンスが上がるタイプだな。ただそれにしても……」

カスミとマイは事前にスキルの効果やできることについて聞いていたものの、使い方によってここまで幅が生まれるのかと顔を見合わせる。

実際に戦っているところを見てみないことには、サリーの新たなスキルの強さは分かりづらい。とはいえあのスキル自体はそもそもサリーの技量への依存度が高く、二人がスキルを手にしたとしても同じ動きはできないような代物なのだが。

「メイプルも残っている。あとは上手くやってくれると信じよう」

「私も……私の分までユイが頑張ってくれると信じてます！」

残る【楓の木】の面々も精鋭揃い。後を託せるだけのプレイヤーばかりである。

そうして陣営の勝利を期待しながら、二人もまたモニターに目を移すのだった。

ヒナタによって作り出された紫のドームの中から出てきたメイプルの側に素早く駆け寄ったサリーは、ベルベットの姿が見えないことを確認して、幻で再現していた落雷を止めて減ったメイプルのＨＰを回復させる。
「お疲れ様、メイプル」

「うん！　ベルベットは？」

「退却したみたい」

勝敗の分からない激しい戦闘の後で【神速】のように姿を消すスキルを隠し持っているなどということはないだろうが、ここまで来て甘い読みはできない。

サリーはメイプルの安全を優先したのだ。

「サリーもお疲れ様！　すごかったー！」

「そう？　ありがとう。メイプルもよく攻撃やめなかったね」

「ふふふー、信じてますから！」

「応えられてよかった」

戦闘中にはタイマーを確認できない。最後の激しい攻防の最中、冷静に時間をカウントする離れ業はサリーにしかできなかっただろう。

正面から薙ぎ払えるだけのパワーを持った二人相手に、それぞれの長所を活かして戦いきった。

「ふー、最後は【ブレイク・コア】で間違ってなかった。あれなら皆は見たことないし避けにくい」

メイプルがスキルで自爆することで倒しにいくほどの敵などそうそういない。

強力な爆発の範囲を正確に知っているのは【楓の木】のメンバーだけだ。

「スキルを詳しく調べておいて正解だったね！　じゃないと使えなかったと思う」

「そうだね。確かにあのままだったら使えないところだった」

【ブレイク・コア】についてメイプルは長い間、勘違いをしていた。生き残ることができたのは防御力のおかげではなく、随分前に手に入れた【爆弾喰らい（ボムイーター）】によるものだったのだ。

ヒナタによる防御力ダウンを受けたうえで自爆しても生き残ることができる。

認識を改めたことで、最後の一撃にこの大技を選択できたのである。

「上手くいってよかった……でも、ちょっと疲れたかな……」

ベルベットを追撃しなかった理由はもう一つ。この戦闘に合わせてパフォーマンスを上げてきたサリーも時間切れ。集中力は落ち、体は重く、反応が遅れる。もう一度戦闘があったとして、同じ動きはできないだろう。

そんな二人の元に空からペインとクロムを乗せたレイが舞い降りる。

「二人とも無事か！　こっちはどうなった？」

「ヒナタは落としました。ただ、ベルベットは撤退したと思います」

「こっちはカスミがやられた。デバフはかかったから攻めてはこないと思うが……すまん」

「無理に止めに行ってもらいましたから。こっちこそ、ベルベットまで倒せればよかったんですけど」

作戦通りとはいえ、メイプルの【不屈の守護者】はこれでまた丸一日なくなった状態だ。

ベルベットまで倒せればベストだったが、そう思い通りにはいかない。

「えっと、サリーが限界で……」

「一日戦い続けているからな。分かっている」

無理をさせる必要はない。ヒナタがいなくなれば、ベルベットの防御力と機動力はぐっと落ちる。次の機会もあるだろう。

「メッセージ……あっちはマイと【集う聖剣】のギルメンがやられたが、マルクスと各ギルドのメンバーを倒したみたいだ」

「人数的にも不利だっただろう。そのうえでその成果は大きい」

【炎帝ノ国】と対峙した面々は難しい戦闘になったはずだ。

それでも侵攻を食い止め、相手にも被害を与えたとなると相当上手く立ち回ったことになる。

「ベルベット、ミィ、リリィ、ウィルバートが生き残っているのは不安要素ですけど……次のモンスターの進軍に合わせれば」

「おう、同じようにやればいい」

【再誕の闇】による押し込み。前回はヒナタの【霜の国】によって立て直されたが次は同じことはできない。

もう一度大きな集団戦が起こるタイミング。今回の少数戦も結局は大規模集団戦で勝つことを最終目標とした戦いだ。

「休もう。俺はメイプルを狙うウィルバートの射撃を確実に防げるのはサリーだと思っている」

「それも変な話だけどな。でもまあ、俺も同意見だ」

ペインは三人をレイの背に乗せると王城へ向けて飛んでいく。

こうして真夜中の戦闘はここに終わりを迎えるのだった。

その後は戦闘が起こることもなく、四人が町まで戻ってくると、ぐったりした様子の【集う聖剣】の面々と【楓の木】のギルドメンバーがいた。

「おかえりー……」

「無事撤退できたようだな」

「大変だったんだからねー！　生き残った敵から魔法は飛んでくるしー、ミィは全域を焼き払ってくるし！」

イグニスに乗って辺り一帯に火を放つ分にはミィにはリスクがない。それで一人でも死人を増やせるならやり得というものだ。

「途中なんて炎に強いモンスターをその場でテイムして壁になってもらったんだからー」

「僕もマイとユイを守った分と撤退に使った分も合わせて無敵になるスキルはなくなっちゃった」

結構溜め込んできたはずなんだけど、とカナデは困ったように笑う。

カナデの強さを支えている魔導書は簡単には補充できないため、次は同じ戦い方はできない。

「私も壁と機械を全部持っていかれちゃったから、しばらくは爆弾くらいしか使えないわ」

イズのアイテム消費も激しく、フレデリカ同様【集う聖剣】の面々も疲れ果てた様子だ。そんな中唯一変わらない出力を発揮できるのはユイである。

「皆さん私を守ってくれて……」

「そういう作戦だからな」

「俺達全員合わせたよりダメージ出るし」

元よりそういう作戦だから気にするなと大盾使いを中心に反応が返ってくる。他がどれだけ磨り減ろうとメインアタッカーに注ぎ込む。

あくまで、マイとユイがいる時に最も勝率が高くなる作戦を実行したまでだ。

「皆休んでくれ。外はしばらく俺が見張っておく」

「働き者だねー。んー、今回はお言葉に甘えておこうかなー」

いつもと変わらない調子ではあるものの、フレデリカも確かに疲れているようで、一つ伸びをするとギルドメンバーと共に王城の方へと戻っていく。

「メイプルもサリーを休ませてやってくれ」

「はいっ！」

これ以上無理をする場面でもないと、サリーも素直に従って休むことにした。

明日もメイプルの隣で目を光らせていなければならない。その責任を全うするためには休息が必要だ。

こうして【楓の木】も眠りについていく。ペインもミィやベルベットが近くまで来ていないことを改めて確認すると、日が昇ってからの戦闘に備えて休息を取るのだった。

メイプル達が休んでいる頃、ミィもまた回収したベルベットを町へ送り届けて一息ついていた。

「全員に声をかければやれないこともないが、そこまでする必要もないだろう……三人がその様子ではな」

目の前にいるリリィとウィルバートはカスミのデバフによって戦える状況ではなく、ベルベットは【頂への渇望】のデメリットによりステータスが大幅に減少しぐったりとしている。

三人が戦力の全てではないが、わざわざいない状態で戦う理由はどこにもない。

「三人倒して加勢する予定だったんだけどね」

カスミが二人を倒すため一歩踏み込み過ぎたのと同じく、カスミを倒すため立ち止まった二人はデバフの範囲外へ出られなかった。

「流石に今夜はもう無理っすね。疲れたっす……」

「次の大規模戦闘が分かれ目になるだろう。それまでには私達のデバフも解ける」

「私のステータスも元に戻るっす」

「なら問題ない」

「となると問題はどう戦うかですね……」

モンスターの移動が戦闘のきっかけになる。その時にまず問題となるのはメイプルの存在だ。

リリィとウィルバートがメイプルを倒すことに執着していたのは、【再誕の闇】を使った侵攻ができないようにしておきたかったためでもある。

「正面からぶつかり合った時あまりいいイメージはないね」

「そうっすね。ミィと私の攻撃もまた躱されたらどうしようもないっす」

ペインの聖剣による光の奔流が場を荒らし、そこにメイプルが化物を突撃させる。

その展開は確実に起こる。そのうえで勝てるようなビジョンが四人には見えていない。

大技を放つまでの時間稼ぎ、敵からの強烈な一撃に対する防御。それらを担っていたヒナタ、マルクス、ミザリー、シンの退場は作戦に確かな穴を開けていた。

「残念なことに私達からはこれといった打開策がない」

「申し訳ありません……」

二人はどうかとリリィがベルベットとミィの方を見る。

「一つあるっす」

「こちらにも一つだけある」

「いいね。とてもいい」

休む前に最後の打ち合わせをしようと、リリィは二人の策とやらに耳を傾ける。

そうしてそれを聞いたリリィとウィルバートはなるほどと頷いた。

「確かに、それならひっくり返せるかもしれないね。やるだけの価値はある」

「そうですね」

「私はちょっと準備がいるっす」

「ああ。今は敵も警戒しているだろう。下手に出歩いて誰かと出逢ったら逃げられないからね」

何をするにしてもステータスが元に戻ってからである。今日はこのまま休むことに変わりはない。

「リリィ、ウィルバート。実行することになったなら【ラピッドファイア】を中心に動いてもらうことになるだろう」

「ああ。なあに、ちょうど得意分野だよ」

明日のモンスターの侵攻の前に、可能な限り多くのプレイヤーに作戦を共有しておくことにして、四人はそれぞれ休息に入る。

「難しい戦いになりそうですね」

「勝ち筋があるならそれで十分さ」

戦闘前に準備しなければならないことがいくつかある。明日も朝早くから動き始める必要があるだろう。

「やはり最終日まではかからないだろうね」

明日が最後の戦いになることも考えながら、二人も眠りにつくのだった。

翌朝。メイプルは窓から差し込む日の光で目を覚ます。

どうやら夜のうちに敵が攻め込んで来ることもなかったようで、城内は静かなものだ。

「んー……」

ぐっと伸びをして体を起こす。体力は十分回復し、体調は万全だ。

メイプルがベッドから降りて部屋の扉を開けると、ちょうどメイプルを起こしにきたサリーが立っていた。

「おはようサリー！」

「おはようメイプル。元気そうだね」

「サリーは大丈夫？」

「うん。十分回復した」

きっちり休息も取れた。これならいつも通りのパフォーマンスを発揮することができる。

「朝食を取りにいこう、作戦会議も込みで」

「分かった！」

【楓の木】が使っている一室へと向かうとそこには既にイズがいた。

「おはよう。疲れは残っていないかしら？」

「大丈夫です！」

「それはよかったわ」

イズはインベントリに保管してある料理をテーブルの上に並べる。食べることで長時間のバフがかかる。

効果量はさすがに戦闘用のスキルには劣るものの、僅かな数値の差が勝敗を分けることもある。

そして何より、とても美味しい。

そうして二人が朝食を取っていると、残りの三人もやってくる。

全員が揃ったことで、今日の方針についての話が始まる。

「モンスターが移動を始めるのは昼だから、それまではあまり戦いたくないですね」

「だな。同じようにやればベルベットとミィの攻撃は回避できる」

「はい。ベルベットとミィは強いですがペインさんもまあ……滅茶苦茶なので」

発動までも早い光の奔流にフレデリカがバフをかき集めればあらゆるものは消し飛ぶだろう。

勝ちへの道筋は明確だ。ならばそこまでは大人しく待っている方がいい。

「相手はどうしてくるかしら？」

「何かしかけてくるかもね。夜中に僕達が誘い出した時みたいに」

「そうなったらどうしましょう？　戦うなら私もやれます！」

もちろん戦えないということはない。しかしその必要はないとサリーは考えていた。

「それよりはプレイヤー全員で息を合わせられる方がいいかな」

ミィやベルベットが飛び込んできたとして、対応できるプレイヤーが多いに越したことはない。

いかに範囲攻撃に優れた二人であるといえど、無敵や攻撃の打ち消しも存在する中、無理矢理敵陣のど真ん中に侵入することはできないだろう。

「ゆっくり待つってことだね！」

「メイプルもその方が得意だし。ちゃんとやれば勝ちきれると思う」

サリーもまた、敵の防衛戦力の要となるプレイヤーが脱落していることをプラスに評価していた。

「となるとどうする。適度に数を減らしながら待てばいいか？」

「そうですね。それでいいと思います。メイプルは念のためできるだけ王城待機で、んー、イズさんもアイテム製作がありますし……」

ユイは基本決戦兵器なため、戦闘以外は向いていない。守るための陣形を作っていなければリスクの方が高くなってしまう。

「不審な動きがないかチェックだけしておきましょう。出撃したところで挟み撃ちにされても具合が悪いので」

「オーケー。面子は？」

「クロムさんと私、カナデもついてきてくれると何があった時に対応しやすいかな」

「分かった。問題ないよ」

次の大規模戦闘が起これば戦況がどちらかの優位に大きく傾くことになると予感していた。

だからこそ、できるだけの準備は今のうちにしておくのである。

「メイプルも夜に【暴虐】を使ったのはギリギリ今日になる前のはずだから」

「うん！　使えるよ！　大事にしないとね」

攻撃よりも緊急避難用と割り切って温存する予定だ。幸いにも今回はダメージを出し、脅威となってくれる味方はいくらでもいる。

基本的にメイプルがすべきことは適切なタイミングで適切なスキルによって全体を支援すること。

【救済の残光】に【再誕の闇】そして【機械神】による射撃。後方からでも戦闘参加ができるのがメイプルの強みだ。

あとはその場その場の判断次第だとサリーはメイプルに伝える。

「集中力高めておいて」

「おっけー！」


サリーは朝食を済ませたクロムとカナデと共に部屋を出ていく。

「さて、次の戦いで終わるかなあ？」

「可能性はあると思うよ。どうするサリー？」

カナデは背後に浮かべた本棚から何冊かの本を取り出してみせる。

決めに行くと言うなら、カナデにもまだ使える魔導書がある。防御用は使い切ったが攻撃用はまだ残っている。

「状況次第かな。結局敵と味方の数にもよるし、最後は城攻めしないといけないし」

「それもそうだね。全部使うと攻城戦の時には何もできなくなっちゃうからなあ」

「俺達が地道に削るより先にペインが仕掛けるだろ。やるならその後だな」

三人はフィールドに出る前に現状生き残っているプレイヤーの数を確認する。

昨日の昼の大規模戦闘で敵の大技を避け優位を築いた分、夜にあちこちで起こった少数戦を終えてなお、こちらの陣営の方がプレイヤー数は多い。あとはこの人数差をひっくり返されることがないよう、今のうちにあらゆる可能性を潰すだけだ。

「カナデ、索敵スキルは残ってる？」

「夜は【集う聖剣】の人に担当してもらったからね。大丈夫」

「よし。じゃあまずはアイテムが設置されてないかの確認からいこう。他にも夜のうちに隠れて潜んでいるプレイヤーがいないかも見ておきたい」

大規模戦闘で主要なダメージ減になるのは範囲攻撃を得意とし射程も長い魔法使いだ。

サリーやクロムは一対一では強いが、集団戦でできることは限られる。

あくまでも次の戦闘は多対多。奇襲によって脆いダメージディーラーが吹き飛ばされるのが最悪だ。

「敵も何もしてないってことはないと思います」

「だな。気をつけていこう。何なら俺達が襲われてもおかしくない」

「その時は防御よろしくね」

「任せろ。今度はちゃんと守るぞ」

こうして三人は城を中心に辺りをくまなく索敵し、怪しいものがないか、敵が潜んでいないか、戦闘前の最終確認を済ませることにした。

時を同じくして【集う聖剣】拠点でも中心となる話題は同じだった。ただ、より大きな戦力を有する【集う聖剣】では【楓の木】より具体的な内容について話されていた。
【集う聖剣】は【楓の木】以外のギルドとも同盟を組み、密に連絡を取り合っている。
他のギルドの戦力状況、方針などを聞き、陣営全体としての動きを決定していく。
攻めるのか守るのか、重要な場面で意思統一ができていなければ、集団戦で勝つのは難しいのだ。

「ペイーン。どう、皆どんな感じ？」

「ああ。多くのギルドがここで勝負を決めるつもりで動くことで意見が一致している」

「へー。まー、今は人数差がついてるしねー」

「ああ。致命的なミスが起こって状況が変わる前に素早く畳みたいということなのだろう」

上手(うま)く凌(しの)ぎはしたものの、ミィとベルベットの超広範囲攻撃の恐ろしさは拭(ぬぐ)い去(さ)れてはいない。完璧(かんぺき)に決められれば一転窮地に陥るのはこちらだ。

故に万が一のことを考え、二人の攻撃を受けうる機会を減らせるだけ減らしたいのである。

「そういうことならいいんじゃないのー？　皆が攻めたい時に一緒に攻めるのが一番だよねー」

「問題は敵がどうくるかだが……」

【集う聖剣】の初撃は決まっている。全員にバフをかけフレデリカの【多重全転移】を使い、聖剣による攻撃だ。

シンプルかつ強力。これに勝るものはない。

「私はどうするー？　合わせて【マナの海】切ってもいいけど」

「押し込むならそれは悪くない。ただ……少し気にしていることがある。意見を聞きたい」

「んー？　いいけどー」

ペインが気にしていることについて話すとフレデリカは少し考え込む。

「なるほどー。確かにちょっとやだねー……んー」

フレデリカはどうしたものかと少し悩んで自分の考えを話す。

「じゃあこうしない？」

その内容を聞いてペインは頷き、その提案を受け入れる。

「それで行こう。あくまでこれは可能性の一つでしかない。他のギルドにも共有はしておく」

「おっけー。弱気すぎても駄目だしねー。それに相当勇気いると思うよそれー」

二人はそのまま他ギルドと連絡を取り合い、細かい部分を詰めていく。

有利から勝利にもっていくのが一番難しい。見落としはないか、【楓の木】と同様に一つ一つ穴を潰すようにペイン達もペイン達のやり方で盤石な態勢を整えるのだった。

二度目の大規模戦闘が迫る中。

メイプル達の逆側。水と自然の国の外壁前にイグニスが降り立つ。

こちらもまた、まず始めに自分達の拠点周りの安全確保から行っていた。

「助かりました。流石に速いですね」

イグニスの背からウィルバートが降りる。メイプル達よりも遥かに簡単かつ正確な索敵は確固たる安心を与えてくれる。何せ、イグニスの背に乗せて辺りをぐるっと一周回るだけでいいのだから。

「便利なものだな」

「何もいませんし、設置されていませんね。間違いありません」

「信じよう」

であれば後は正面から攻めてくるであろうメイプル達にどう対応するかだけだ。

二人が町の中へと戻るとリリィとベルベットが待っていた。

「ウィル、周りには？」

「特には何も。異常なしです」

「オーケー。作戦の最終確認のために待っていた」

【炎帝ノ国】【thunder storm】【ラピッドファイア】の動きが作戦の肝となる。

「前もって決めておいた条件を満たしたタイミングで仕掛ける」

「そうならないならそれはそれでいいっすけど……」

「そうですね」

「じりじりと不利になっていけば作戦の実行すら難しくなる。やるとなったら覚悟を決めよう」

「そうっすね！　分かったっす！」

ミィの言う通りだと、ベルベットは気合を入れるようにパンっと自分の頬を叩く。

「戦闘中は気をつけてくれ。うっかり死んでしまっては話が始まらないからね」

それだけは念押ししておいて、四人もまた集団戦を待つ。ペイン達が早く畳みたいと感じている中、こちらでは既に人数差がついている状況でこれ以上悪化する前に差を縮めたいという考えが主流になっていた。

理由は違えど戦いたいという意思は同じ。

であれば必然戦闘は起こる。イベントのギミックによって、出撃のタイミングも重なるだろう。

こうして四人もまた、来たる戦闘に向け備えを進めるのだった。

七章　防御特化とクライマックス。

各々が準備を進める中、時間はあっという間に過ぎて、外壁周辺には生き残っているプレイヤーが続々と集まってきていた。

当然【楓の木】の六人もその場にいて、出撃の時を待つ。

「メイプルさんは後ろに乗ってください」

「ユイありがとー」

前回見せた天上の戦略兵器メイプルは今回はなしだ。ウィルバートが残っている以上警戒されるのは間違いなく、一度見せている分対応も素早くなることが予想できる。

空は逃げ場も少なく、助けにも行きづらい。リスクにリターンが見合わないと判断したのだ。

その分ついていくのに足りない移動速度は、ユキミに乗ることによって無理なくカバー可能である。

「さてと……【方舟（はこぶね）】があるとはいえできれば撃たせたくないな」

「マルクスがいないなら【一夜城】もないし、牽制（けんせい）したいね」

「私も準備は万端よ。ちょっとでも役に立ってみせるわ」

守りは確実に手薄になっている。遮蔽のない戦場ではミィも簡単には【黎明】の詠唱に入れない。

【楓の木】を筆頭とした少数精鋭ギルドの役割は戦場を移動し、ピンポイントに脅威を抑えて回ることだ。特にベルベットとミィは最優先の警戒対象である。

数には数。メインとなる戦闘の行方は【集う聖剣】を中心に大規模ギルドに委ねる。適材適所というわけだ。

そうしているうちにフィールドのモンスター達の様子が変化し、一斉に敵陣に向けて移動を開始する。

「いくよメイプル」

「うん！」

掛け声と共に移動を始めた多くのプレイヤーに交ざって【楓の木】も移動を開始する。

進軍に合わせてそれぞれのギルドの索敵担当が絶えずスキルを回し、本隊への不意打ちがないことを確認。先行して戦場に向かった偵察部隊からはトラップがないと連絡を受け、万全の態勢で進んでいくと、いよいよ正面に砂煙を上げる敵モンスターと多くのプレイヤーの影が見えてきた。

全員が武器を構え直し、戦闘の予感に空気が張り詰める。

モンスターの駆ける地響きのみが鳴る戦場。今回先手を打ったのは敵陣営だった。

「【殺戮の豪炎】！」

「【轟雷】！」

「慌てるな！」

ペインがギルドメンバーに呼びかける。偵察により【黎明】が使われていないことは確認済み。慌てることなく即座に展開された大量の障壁は雷と炎を受け止めて被害を最小限に食い止める。

二人の攻撃を合図として両陣営から次々に魔法が放たれる。

互いに展開される障壁が駆け出した前衛を守り、両軍が衝突する。

「フレデリカ！」

「はいはーい！」

「レイ【全魔力解放】【光の奔流】」

「【多重全転移】！」

数を減らし、陣形を破壊するなら最速で。光を放つ聖剣を構えたペインの隣にサリーが飛び込む。

「それ借ります」

「……！」

サリーの意図を察したペインは全ての バフが集約された剣を振るう。

「【聖竜の光剣】！」

ペインが放った光の奔流が敵陣営に向かって襲いかかる。受ければ即死は免れないその攻撃にそれぞれが自分の持つスキルで対応を図る。

ダメージ無効。それはシンプルでありながら最強の防御手段。だからこそカウンターである【黎明】も恐れられている。

しかし、無効化しなくともそういったスキルには隙がある。サリーは当然それを認識していた。

「【聖竜の光剣】！」

サリーの武器がペインのそれと同じ光を放ち、ペインから少し遅れて、光の波を敵陣へ送り込む。

ダメージ無効。それは強力であるが故に、効果時間は短いものばかりだ。

「【虚実反転】」

ペインの単発攻撃を無効化したプレイヤーに、全く同じエフェクトで静かに二撃目が忍び寄る。

それはペインの光の延長として紛れ込み、しかし当然別の攻撃としてダメージを与える。

サリーが再現できるのはペインのスキルだけ。かかったバフまでは再現できない。それでもその仕組みを理解できないまま、多くのプレイヤーが消失することとなった。

陣形に大穴が空いたところで、味方のプレイヤーが一気に突撃していく。

受けられないと分かったならダメージを無効化して防ぐ。であれば障壁や防御アップは使わないのが普通だ。

ただ一点。その隙を狙っていたのである。

「サリー、あの四人は」

「全員います」

「撃破に向かう」

一撃を加えたことでペインの重要な役割は済んだ。

後はメイプルを不意打ちで倒せるプレイヤーを落とせば、臆することなく【再誕の闇】で押し勝てる。

「メイプルは？」

「イズさん特製のボックスの中でバフを撒いてます」

「……？　分かった。心配ないならいい」

ペインはレイを呼び出し【巨大化】させると素早くサリーを背に乗せて空へ舞い上がる。

ペインとサリーの連携攻撃によって吹き飛んだ分のプレイヤーをリリィが召喚兵で埋めたことで、二人はリリィとウィルバートの居場所を把握する。スキルの連続発動によるエフェクトと、分かりやすい二人の装備は集団の中でもよく目立つ。

「レイ【聖竜の息吹】！」

集団に向かって放った光のブレス。全員が巻き込まれるのを嫌ってか、二人は集団から外れるように後方へ移動していく。

上空からは戦況がよく見えた。

ミィとベルベットの攻撃は確かに被害を出しているが、ペインとサリーが広げた人数差で自陣営が有利に進んでいる。

「……」

二人が距離を取れば敵の後衛陣が挟み込む余裕はないはずだ。

それでもカスミが倒された時と同じく誘い込むような形に、ペインは突っ込むべきかどうか少し迷う。

「行きましょう。二対二ならやれます。それに二人を戦場から引き剥がせるなら」

「分かった。日和っていても仕方ないな。レイ【流星】！」

レイが光をまとって急降下する。当然狙いは敵陣後方、リリィとウィルバートだ。

二人も、ペインとサリーが狙ってきていることは分かっていた。

さらに召喚兵を戦線維持に回すリリィは、主戦場の状況が悪いことも把握している。

レイが迫る中二人は現状を整理し言葉を交わす。

「ウィル、想定以上に悪い。これはサリーが何かしたな」

「ええ」

「連絡を頼む」

「……分かりました」

ペインの初撃は防げる想定だったが、そう上手くはいかないものだ。それでも、当然このまま押され続けて負けるつもりはない。

「【再生産】【傀儡の城壁】！」

リリィの召喚兵を再構成して作り上げた壁にレイが突進し、壁を破壊して降り立つ。

「今度は逃しはしない」

「カスミの仇（かたき）は取らせてもらいます」

「さて気合を入れようウィル。倒せば士気も上がるというものさ」

「ええ、勝ちましょうリリィ」

リリィが旗を構え、目の前に召喚兵を生み出す。

それを見てサリーとペインは同時に駆け出した。

リリィは足はそう速くない。躊躇（ちゅうちょ）なく前に飛び出したサリーとの距離が一瞬で詰まる。

「【ダブルスラッシュ】！」

サリーのダガーが赤く光り、リリィに連撃が繰り出される。リリィも当然それを旗で受け、しかし反撃はせず冷静にサリーの動きを見る。

「【キャンセル】！」

サリーは途中で動きを止めてリリィに突きを繰り出すが、リリィはステップでそれを躱（かわ）すとサリーに兵士をけしかける。

「流石（さすが）に聞いてますよね」

「そりゃあね」

ベルベットが生き残ったことで、あの夜見せた攻撃はリリィにも共有されている。

「じゃあこういうのはどうですか【オートキャンセル】！」

サリーは赤い光を纏うと、今度はペインと足並みを合わせて駆け出す。

「【光輝ノ聖剣】！」

「【その身を盾に】！」

いまだ【多重全転移】のバフの残るペインが大技でリリィを守る兵士を薙ぎ払い、そこにサリーが滑り込む。

「【トリプルスラッシュ】！」

サリーの連撃に旗を合わせにいったところで、左手のダガーがするりと軌道を変えてリリィに突き出される。

「……！」

リリィはそれを間一髪回避し、スキル通りに動く右手のダガーを弾く。

サリーが軌道を歪めた左手のダガーも元の軌道に戻り再度リリィを斬り裂かんとする。

すると、今度は意識の外。右のダガーが軌道を変え、リリィの脇腹を捉える。

「なっ……!?」

「【従者の献身】！」

ウィルバートのＨＰをコストにリリィのＨＰを回復し防御力を上昇させ余裕を持たせる。リリィもまた慣れた動作で再度肉壁として兵士を間に立たせて距離を取る。

「はは、なるほど。【トリプルスラッシュ】と言われると気をつけていても反応してしまうね」

基本的なスキルの動きは頭に入っている。しかし、サリー相手ではそれが裏目に出るのだ。注意していなければ、無意識に追いかけてしまうスキルの軌道からサリーの武器は僅かに逸れる。

「そのスキル一体どんな仕組みだい？」

「タネも仕掛けもありませんよ」

「はは、まあそうか」

実際は言葉通り。だが、リリィもまさか本当にタネも仕掛けもないものとは思わない。

「ペインさん。次行きます」

「分かった。合わせよう」

リリィの召喚兵と防御の動き。長引かせてもいいことはないとサリーは一気に決めにいく意思をペインに伝える。

「「【超加速】！」」

「【玩具の兵隊】【再生産】！」

加速したサリーとペインを止める為、リリィはさらに兵士を呼び出す。しかし、そんなことは二人も織り込み済みだ。

「【破壊ノ聖剣】！」

「全く泣けてくるね！」

ペインの異様な威力の聖剣が、呼び出した兵士をすぐに消滅させてしまう。

リリィのスキルの方がクールダウンは遥かに短い。スキルのトレードを繰り返せば、いつか有利にはなっていく。

しかし、サリーはそれは許さないとばかりにペインの作った隙を活かして接近する。

それに対し余計なことは考えるなと、リリィはサリーの武器に意識を向けた。

「【ダブルスラッシュ】！」

サリーがダガーを振り抜く中、リリィはダガーの動きに集中する。

「【ファイアボール】！」

続く宣言。魔法が頭をよぎったその瞬間、ダガーは長剣に変形し、リリィを深く斬り裂く。

「なるほど……！」

ベルベットから聞いていたスキルは【変容】。つまりそれすら真実でないことにリリィは思い至る。

返し突き出した旗を容易く避けたサリーがダガーを突き出す。

「【ウィンドカッター】！」

今度はサリーの背後に風の刃。リリィは顔を顰めながら放たれた刃を避けようとするが、着弾よりも先にリリィの腹部が斬り裂かれる。

「はは、面倒な！」

風の刃を生み出すサリーそのものが【蜃気楼（しんきろう）】。長剣よりもさらに長く、大剣のサイズまで巨大化させた本物のサリーの武器は、気を取られた一瞬のうちにリリィに深傷を負わせていた。

「くっ、考えている余裕がないね！」

スキル宣言、目に見えるエフェクト。本当か嘘（うそ）か迷わせることで思考や反応を遅らせる。

サリーのスキルの本質は、いつも通りの思考や動きを奪うことにあった。

話に聞いていても、実際に見て使われるのとは訳が違う。咄嗟（とっさ）に出てしまう反応はそう簡単に制御できはしないのだ。

「【ウォーターボール】！」

スキルの正体がなんなのか考える時間が一瞬生まれるなら、サリーにとってそれで十分だ。

さらに、まだ完全にサリーのスキルを把握できていない今の状況なら、対応は遅れ一瞬どころではない隙を生む。

【ウォーターボール】という名の【鉄砲水】。それは足元から噴き出してリリィを撥ね上げる。

「これは思ったよりも……手も足も出ないな」

「レイ！」

打ち上がったリリィにレイへ飛び乗ったペインが急接近する。

「すまないウィル！　頼む！」

「【断罪ノ聖剣】！」

ウィルバートに託す。そんな言葉を最後にリリィに対してペインの剣が振り抜かれる。

「【わが身を盾に】」

聞こえたのはウィルバートの声。リリィに直撃したペインの聖剣のダメージは肩代わりされ、代わりにウィルバートのＨＰが吹き飛ぶ。

「助かった！」

「はい。後は……」

リリィはウィルバートに短く礼を言うと、即座に生み出した飛行機械の上に着地し、集団の方へ飛んで脱出する。

「ウィルもよくやるな……！」

リリィは顔を顰めつつ前方に目を向ける。

天上の眼(め)がリリィ一人の管轄下に置かれたことにより一気に広がった視野。ウィルバートとは違い、リリィは完全に覚醒(かくせい)した状態の情報量は処理しきれない。できたとしてほんの一瞬だけだ。

必然、使える能力を一人分に絞ることになり【権能】は使えないが、それでも急激に広がった視野でもって戦場の状況を把握する。

「予想通りか」

状況は良くない。だが、全く戦えないほどまでプレイヤーが減っているわけでもない。

「さて、ここからだね」

できることはある。負けてやるにはまだ早い。

時は少し遡り、ペインとサリーがリリィとウィルバートに突撃していく中、両軍のぶつかり合う主戦場はモンスターも入り乱れての大混戦となっていた。

「【灼熱】！」

ミィも容赦はしない。イグニスに乗って高速で飛び回り、空から放つ業火は受けきれなかったプレイヤーを焼き払っていく。

上空に意識を向けさせれば地上が楽になる。

「【攻撃開始】！」

「【破壊砲】！」

「イグニス！」

当然それを放っておく【楓の木】ではない。ウィルバートをサリーとペインが抑えたことで、ある程度安全が確保されたメイプルも鉄の箱から飛び出て攻撃参加を始めた。

ミィに好き勝手はさせないと、最後方からメイプルによる弾幕とカナデによる魔法攻撃が空へと放たれる。

動きを制限する為にばら撒くメイプルの弾幕の範囲はかなり広く、ミィの上空からの火力支援を的確に妨害する。

「【豪炎】！」

それでも隙を見つけては攻撃するが、中々大きな被害につなげられない。

想定していたことではあるが、改めて向き合うとやはり苦しい状況と言える。

「ウィルバートから……そうか」

ミィは届いていたメッセージを確認すると、一旦引いて、メイプルの射撃や飛行能力を持つテイムモンスターを連れたプレイヤーの追撃を避け、ギルドメンバーにメッセージを送った。

「【極光】！」

降り注ぐベルベットの雷がプレイヤーを焦がす。連続して次々に降る雷の雨はミィの炎よりも防御が難しい。

本当ならば敵陣深くに飛び込みたいところだったが、今はヒナタがいない。【重力制御】なしでは飛び込むことはできても帰り道が確保できないのだ。

そして、そんなベルベットも自由にさせてはもらえない。常に後方に気を配っていなければ巨大な鉄球が飛んでくる。

「【パリィ】！　そっちいったっす！　わっ……!?」

ベルベットは眼前に迫る鉄球を弾く。しかし、直後発生した爆炎に包まれ、回復のために下がらされる。

「本当、器用っすね！」

声は届かない。最後方に見える四つの影。飛び回り魔法を放つカナデ、高台に陣取りいつもの兵器で固定砲台となるメイプル、同じく鉄球による火力支援を行うユイ、作り出した砲台で爆弾を撃つイズ。

ステータスも武器も全く違う四人だが、その遠距離攻撃はどれも超高水準だったのだ。

最後方から攻撃できる。ただそれだけでも十分な強みだ。どれだけ倒したくとも射程の短いプレイヤーは手出しができないからである。

「メイプル、何人か突っ込んでくる」

「分かった！【古代兵器】！　シロップ【精霊砲】！」

メイプルを何とかするのは自分達の役目だと、モンスターに乗り空を飛ぶプレイヤー達が接近せんとする。

最早そこに放たれるのは漆黒の弾丸による弾幕だけではない。当然追加で飛んでくる地上からの妨害、そしてメイプルの隣でガトリング砲のように回転する二つの筒から撃ち出される青い光弾。

二重、三重の弾幕が分厚い壁のようになって近付くものの行手を阻む。

「せーのっ！」

人間の出す音とは思えない轟音（ごうおん）。隣でユイが殴りつけた球体は高速で飛翔（ひしょう）すると空中で爆散し、辺りに大ダメージを与える。

ユイの放った球自体が直撃したわけではないため即死は免れるが、無事とは言い難い。

「イズさん上手くいきました！　これなら当てられます」

「いいわね。余ってるからどんどん使っちゃって」

高速で動くプレイヤーに鉄球は当てにくい。それが空を飛び回るなら尚更だ。

ならば威力は落ちてしまうものの、的確に当てるため爆破させるのが一番だ。

空中への対策も完璧。イズも敵陣に向けて惜しむことなく爆弾を連射する。

「ふふふ、投げるしかなかった頃よりずっといいわね！」

敵陣で間を置かずに発生する爆発を見て、イズは満足そうだ。


人数で勝るメイプル達は次第に敵を押し込んでいく。リリィの召喚兵に支えられていた前線が崩壊し、大量のプレイヤーが雪崩れ込んで敵を分断する。

それはサリー達の戦いが決着した頃とほぼ同時だった。

「【権能・超越】【陣形変更】！」

分断され、蹂躙されるしかなかったはずのプレイヤー達がその場から消失する。

【権能】により移動距離と効果範囲を大幅に強化した【陣形変更】により、メイプル達の前から一瞬にして脱出したのだ。

それでも有利なことに変わりはない。相談などせずとも全員の意思は一致していた。

王城へ向けて追撃する。元より勝つにはそうする他ない。ここで引く理由はどこにもないのだ。

前方で指揮をとるペインと別れて、サリーがメイプルの元へ戻ってくる。

「メイプル！　大丈夫だった？」

「うんっ、何ともないよ」

「ペインさんと二人でウィルバートさんは倒してきたから、これでかなり安全になったはず」

「本当⁉　すごーい！　流石サリー！」

「まだ皆コレのこと良く分かってないからね。まあ、不意打ちみたいなものだけど……勝つために使えるものは使わないと」

サリーは見た目を揃えたダガーをくるくると回す。

「メイプルさん乗ってくださーい！」

「分かったー！」

メイプルはここまで来た時と同じようにユキミの背に乗せてもらって進軍についていく。

「ミィとベルベットは？」

「倒せてないと思う。こっちまで来なくて……」

「大丈夫大丈夫。もし倒せてたら作戦も変わるだろうし、一応確認しただけ。皆が偵察してくれてるから、【黎明】と【雷神の槌】に合わせるのだけはミスしないようにしよう」

「おっけー！」

「うーん、責任重大だなあ」

大規模な範囲攻撃に対して少ないリソースで対応できるのが【方舟(はこぶね)】の強みだ。

サリーは【虚実反転】を既に使っているため、今回はカナデとソウがその役割を担う。

ソウがメイプルに【擬態】すれば、サリーとはまた違ったアプローチで【方舟】を二箇所同時に使用することができる。

進軍が続く中、辺りに索敵スキルのエフェクトが広がっていく。

撤退したと見せかけて、隠れて奇襲を狙(ねら)っていたなどといったことがないように、多くのプレイヤーで警戒網を敷く。【楓の木】の面々は良くも悪くも尖(とが)ったスキル構成であるため、それを手伝うことはできない。その分戦闘できっちり貢献するのが役目となる。

遠くに見える王城の影。敵が守る場所も自分達が攻める場所も同じである以上、必ず再び戦闘は起こる。再戦の時はそう遠くないことをここにいる全員が感じている。集中力を高め、行手を阻む敵モンスターを薙(な)ぎ倒(たお)し、メイプル達の軍勢は勢いを落とさずに侵攻を続けるのだった。

【陣形変更】によって大きく距離を取ったリリィ達はそのまま王城方向へと移動を続ける。

最後方では追ってこられた時に雷によって牽制(けんせい)するためにベルベットがちらちらと後ろを確認しながら走っていた。

戦闘不能と言ってもいいほどぐったりとしたリリィを抱えて。

「ほ、本当に大丈夫っすか！　ちゃんと元気になるんすよね⁉」

「ああ……」

一瞬とはいえ【権能・超越】の使用のために制限を解除したことで、さらに量を増した情報が流れ込みリリィの処理能力を超えてしまった。

「やはり私に使えたものではないな」

せめてほとんど人がいない場所であれば話も変わるが、ここから先そんな場面は訪れないだろう。

「追ってくるっすかね？」

「ウィルもいなくなってこちらの先制攻撃のプレッシャーも随分落ちた。十中八九来るだろうね。覚悟は決まったかい？」

「元々そのつもりでいたっす！」

「それだと最初から勝つつもりがないみたいじゃないか」

「そ、そんなことはないっすよ？」

「頼むよ。私は時間稼ぎくらいしかできないからね」

ペインが召喚兵をまとめて吹き飛ばしていたように、リリィはある一定のラインを超えるプレイヤーとの戦いで優位を取るのは苦手としている。

それでも対処を迫るのは事実であり、一人で戦線を維持することもできる。

ウィルバートが自ら身代わりになった理由もそこにあった。ウィルバートが一人二人撃ち抜くことで戦況を変えられる段階は過ぎてしまっていたのである。

「ミィは？」

「準備できてるっす！」

「ベルベットの方も問題ないかい？」

「勿論問題ないっす！」

「オーケー……最後の勝負といこう」

リリィの体調もようやく回復してきた頃。背後からは地響きと共に砂煙が舞い、正面には町を守る白く高い外壁が聳え立っていた。

【集う聖剣】を中心に、いくつかの大規模ギルドのギルドマスターが密に連携を取り合っていることもあって移動はスムーズに進み、敵拠点の外壁近くまでやってきたところで、ついにリリィのスキルで退却した敵集団の姿をその目に捉えた。町の中には出撃せず残っていたプレイヤーもいる。合流される前にこのまま突撃する。その意思は全ギルドマスター共通だった。

「攻め込む！　続いてくれ！」

ペインはギルドマスター達と素早く意思疎通を済ませて号令をかける。

凶暴化した味方モンスターに合わせて、怒号と共に前衛のプレイヤーが駆け出していく。

「【トルネード】！」

「【タイダルウェイブ】！」

基本の魔法の中でも強烈なものが接近を拒否すべく次々に放たれる。

それでも突撃する前衛の足は止まらない。盾で受け、障壁をもらってぐんぐんと距離を詰めていく。

「皆頑張れー！」

メイプルが集団の中心で駆け出したプレイヤーを鼓舞する。もちろんただ応援しているだけではない。発光する地面は【救済の残光】による守護が働いていることの証明だ。強烈なダメージカットと回復効果が進軍を強烈に後押しする。

「【稲妻の雨】！」

正面から雷鳴と共に地面と空を繋ぐ稲妻が次々に降り注ぐ。発生頻度の高い雷に対応するため回復魔法が飛ぶ。

一撃死でないのならヒーラーのＭＰがある限り、問題はない。

「流石に一番後ろまでは届かねえか！」

次々に魔法が飛んでくるものの、それはクロムが防ぐ前に勢いを失っていく。

ユイ、イズ、カナデを守るため後方に陣取るクロムは、今のポジションが全ての攻撃の射程外であることを確認し、不測の事態に備える。

先程の戦闘では。と、ここまで考えてクロムは一つ違和感を覚える。

「ミィ……あいつ、どこいった？」

目の前から飛ぶ魔法にミィの炎がない。クロムは真っ先に奇襲の可能性を考え、辺りを見渡す。

すると探していた人物はちょうど見つかった。

空。強まる赤い炎の尾を引いて遥か遠くを飛ぶその姿はイグニスのものに他ならない。

「ペイン！」

「本当にやるとはな……！」

クロムの声と時を同じくしてペインにメッセージが届く。一足先に戦線を離脱したミィはギルドメンバーを連れて、すれ違うように王城を攻めに向かっていたのだ。

「構わない！　攻めろ！」

「狼狽えるな！」

それぞれのギルドマスターがギルドメンバーを落ち着かせる。

ミィのとった行動。それはあくまで負け筋としてそれぞれのギルドマスターが考えていた可能性の一つに過ぎなかった。

拠点攻略にはそれ相応の破壊力がいる。ミィがいないことをむしろ好都合と捉えたプレイヤー達は、自分達のほうが城攻めに割いた戦力が遥かに多いことを根拠として、先に玉座に到達できると判断し、このまま攻撃を継続する決断を下した。

そんな中、何とか門を潜り町へ飛び込んだリリィはベルベットの背に声をかける。

「頼んだよ！」

「そっちこそ。任せたっす！」

準備は整った。これで状況をひっくり返し、一発逆転を狙（ねら）う策を打つことができる。

ベルベットを中心に、辺りの地面にスパークが駆け巡る。

【極光】か、はたまた【雷神の槌（トールハンマー）】か、ここまでの戦闘で見せた破壊力。迂闊（うかつ）に踏み入るわけにはいかないプレッシャーが前衛の足を一瞬止める。

「あはっ！　勝負するっすよ！　【雷の通り道】！」

連続する強烈な雷鳴。次々に降り注ぐ落雷はメイプル達のいる場所すら通り過ぎて、フィールドを横断するように遠くへ遠くへ離れていく。

事前にスキルでマークした指定地点への味方を連れた高速移動。

町から逃げるために使ったスキルを、今度は攻めるために起動する。

目の前にいたベルベットは拠点の防衛を放棄し、ミィの加勢へ向かったのだ。

じりじりやっても戦力差は広がるばかり。そもそもここを凌（しの）ぎ切るのも難しい。ならばと攻め落とすために出撃し、防衛戦力が手薄になるこの一瞬に全てを賭（か）けたのだ。

「【全軍出撃】！」

外壁上から飛行機械に乗ったリリィがスキルを起動する。

初めから負けは覚悟の上、集団戦でなく拠点防衛にスキルを残したことで、町の中から外壁前まで兵士が次々に湧き出してくる。

ウィルバートが身を挺して守った理由はこの作戦にリリィが不可欠だったからだ。

「時間稼ぎは得意でね。のんびりしていってもらえると助かるよ！」

メイプル達にとって自陣営の拠点はあまりに遠い。どちらが先に攻め落とすか、敵の策に乗るより他はない。

作戦が失敗すればどうせ次などない。町の中からテイムモンスターに乗ったプレイヤーが次々に繰り出し、空を飛んで脆いプレイヤーに相打ち覚悟で突っ込まんとする。

捨て身の策を成功させず、自分達の勝利で終わらせるために、メイプル達の最後の戦いが始まる。

◆□◆□◆□◆□◆

メイプル達が外壁前で本格的な戦闘を始めようとするころ、王城へ向けて移動するミィに向かって大量の魔法が飛んでくる。

「早いな……！」

皆が空を飛べるわけではない。地上には城攻めのためついてきてくれたギルドメンバーがいる。

一人城まで向かっても戦力不足に陥るだろうと、ミィはイグニスの高度を下げ、周囲で火山が煙を上げ溶岩溢れる大地に降り立つ。

待っていたのは万が一奇襲があった時即制圧するため各ギルドから集められたプレイヤー。

集団戦での有利を確信してすぐに戦場を離脱し、安全のために後方で敵の動きに目を光らせていた者達だ。

「悪い予想って当たるよねー。心配しすぎなだけだったらよかったのになー」

「バフ頼むわ」

「ミィから行こう。やばそうならフレデリカ庇う感じで」

「おっけーおっけー」

フレデリカが杖を構える。遠距離範囲攻撃を得意とし、バフとデバフ、回復から防御まで器用にこなすフレデリカが防衛戦力の中心だ。

バフをばら撒き【多重全転移】を撃って、すぐ戦場を離れたフレデリカはこの防衛に参加できていた。予想していたなら当然対策も取るというものだ。

「押し通らせてもらう」

「私の障壁でその炎は止めさせてもらうよー」

フレデリカの役割はリリィと同じく時間を稼ぐこと。王城にたどり着けなければ勝利もない。

「こっちはベルベットも見ないといけないんだからねー……！」

ペインから届いた短いメッセージが、ベルベットが高速で移動していることを伝えていた。

まずはミィ、そしてそのまま王城まで引かなければならない。

「はー、よーし皆やるよー！」

「「「おおおおおっ！」」」

フレデリカは声をかけると、全力戦闘用のスキルを解放する。

「【マナの海】」

「【豪炎】！」

正面から放たれるは触れれば焼却は免れないであろう猛火。それに対し、大盾使いではなくフレデリカが前に出る。

「【超多重障壁】！　ノーッ【増幅】【輪唱】！」

展開されるは膨大な量の障壁。一枚、十枚。それを砕くことができるなら百枚ではどうか。

フレデリカの展開する障壁はミィの炎を受けきってなお健在だった。

「よーし。ほらほらー、大丈夫だからやっちゃってー！」

「【超加速】！」

「【戦いの咆哮(ほうこう)】！」

フレデリカがミィの攻撃を受け切ったのを見て、全員が前に出る。

今のフレデリカなら防御は任せて問題ない。

「【矢の雨】！」

「ふふーん【超多重障壁】【超多重炎弾】」

空から降り注ぐ矢の雨を大量の障壁で押し止め、そのまま背後に大量の魔法陣を展開する。

ノーツの支援を受け倍に増えた炎弾は、ミィの炎にも負けない威力でもって敵へと襲い掛かる。

接近戦でもフレデリカの障壁が邪魔をする。【マナの海】による強化時間は限られているものの、その無尽蔵のＭＰから繰り出され、クールタイムもほぼ存在せず好きなだけ展開できる障壁があってはダメージトレードは成立しない。

「ミィさん！」

「これだと厳しいです！」

「こちらの攻撃が届きません……」

フレデリカの魔法は本来単発のものを凄まじい量同時に放つというものだ。

ペインとサリーの連携攻撃がダメージ無効化スキルの隙を突いたのと同じく、この魔法は極めて防ぎにくい。

「【灼熱】！　移動するぞ、しばらく耐えてくれ！」

「「「はい！」」」

ミィの炎で敵を押し返し、回復をかけてフレデリカから離れるように迂回しての移動を開始する。

しかし、それを見逃してやる理由などフレデリカ達にはない。

「ベルベットの方も気になるけどー……どう？」

「どっちつかずはまずいと思うわ」

「あんたのそれも時間制限あるんだろ。ないとミィは辛くないか？」

「おっけー、確かにねー。じゃあ行こー【超多重加速】！」

意思を統一して全員でミィの方へ向かう。遠くで鳴る落雷の音は気にかかるが焦りは禁物だ。

炎の壁に遮られて開いた距離はフレデリカのバフの分ですぐに詰まる。

「逃がさないよー」

「ああ……私もそう思っている」

「……？」

諦めとはまた違う雰囲気。フレデリカは言葉にできない嫌な感覚に杖を握り直す。

「マルクス。やはり、誰も知らなかったぞ」

火山を背にミィの体から炎が溢れ出す。根拠はない。それでもフレデリカは頭の中で警鐘がガンガンと鳴るのを感じていた。

「【インフェルノ】！」

「【超多重障壁】！」

ミィの炎に対抗すべく、フレデリカは大量の障壁を展開する。しかし予想に反してミィの炎の向かう先は地面だった。

ミィは迸る炎を握り込んで地面に叩きつける。地表に沿って暴れ回るはずの炎は地面に吸い込まれ、赤く輝く亀裂が広範囲に伝播していく。

発生した巨大な火柱が空を赤く照らし、フレデリカの展開した障壁を容赦なく叩き割る。

火柱が収まったその時。ミィは竜のようにうねる巨大な猛炎を操り、太陽のように燃える火球の中心で宙に浮いていた。

「ここまで来るのに随分時間がかかってしまった」

「……何それ」

「マルクスが見つけた地形効果だ。知らなかっただろう？」

マルクスはトラップの設置も探知も他のプレイヤーとは一線を画す。そんなマルクスだからこそこの生ける炎の存在に気づいた。

炎は足元の他プレイヤーの武器にも炎を纏わせる。ミィを中心に発火する地面は影響範囲の広さを物語るようだ。

「はー……もー！　皆滅茶苦茶するー！」

「はは。フレデリカがそれを言うのか？」

効果時間に限りはある。だからこそ【炎帝ノ国】は攻めにこの炎を使える水と自然の国を選んだ。

押され続け、ここまでやって来るのは遅くなってしまったが、この炎が城を落とすなら誰も文句はない。

「宣言通り、押し通る」

「駄目そうならベルベットの方行っちゃって！」

「分かった！」

全員で燃やされるほど馬鹿らしいことはない。まず脅威度を測る。障壁を準備しつつフレデリカはミィの出方を窺う。

「【炎帝】」

ミィが両手を横に広げると手のひらの前に火球が生成される。

それはうねる炎を取り込んで数倍の大きさに膨れ上がり、フレデリカ達の視界を覆い尽くしながら降ってくる。

「【超多重障壁】！　ノーツ【増幅】【輪唱】！」

ミィを止めるのはフレデリカの役目だ。生み出した大量の障壁に隕石の如く降る二つの巨大な火球が直撃し次々に砕け散る。

「【蒼炎】！」

青い炎に赤い炎が混じり、火球につづけて飛んでくる。

「ちょっ……ごめん庇って！」

「【精霊の光】【カバー】！」

「突撃しろ！」

フレデリカが防ぎきれず、巨大な火球が辺りに炎を撒き散らす。

それに乗じて攻めに転じた【炎帝ノ国】が炎を纏う武器をふるい、フレデリカに斬りかかる。

「【カバー】！」

「【フラッシュスピア】！」

フレデリカを守りつつ、近づくプレイヤーにダメージを返す。それでも、炎のバフがフレデリカが作ったステータスの有利を埋め、先程までのようにはいかない。

「【超多重炎弾】！」

「【灼熱】」

負けじと攻撃を返すフレデリカが放つ炎をミィの業火が飲み込む。

それは火山そのもののようで、荒れ狂う炎の激しさは、もはや災害のそれだった。

「あいつマジでやばすぎる！」

「フレデリカさん何とかできませんか⁉」

「無理無理無理無理ー！　あれは無理ー！」

ここで立ち止まって進撃を食い止めようとしてもたいした時間稼ぎにもならない。あと数度の攻防のうちに【炎帝ノ国】全体を強化する炎はフレデリカ達を残らず飲み込むだろう。

大盾使いはメイプルと同じ【カバームーブ】の高速移動。走れる者は【超加速】でもなんでも使えるものを切れるだけ切ると、フレデリカを引っ掴んで何とかその場を離脱する。

「町まで走ってー、ベルベットの方もまずいんだからー！」

「分かってる！」

敵の攻めは思った以上に苛烈で、一か八かの賭けや玉砕覚悟の突撃などでは断じてないと、フレデリカ達は町へと急ぐ。

あくまでこの一点、最後の勝機に焦点を合わせてきていたのである。

町に戻る頃には【マナの海】の効果も切れる。防衛戦力に不安はあるが、泣き言を言っても仕方がないのだ。

「バフはかけるからなんとかしよー！　というかするしかないしー！」

「まだまだ働いてもらうぞ」

「大盾全員死ぬまで庇うからな！」

炎を宿したミィ本体はおいておくとして、バフを受けた【炎帝ノ国】のギルドメンバーにならフレデリカのバフで対抗できる。

「【超多重炎弾】【超多重風刃】！」

背負われたフレデリカは振り返ると【マナの海】が続く限り後方へ魔法をばら撒き続ける。

ミィが使役する炎はあくまでも火力特化で防御力は伸びない。牽制には意味があるのだ。

「やべー、責任重いな」

「守り切ったら褒めてもらわないとね」

「向こうはちゃんと勝ってくれよ！」

天を衝く炎を背にフレデリカ達はひた走る。どんな状況となっても、最早敵は撤退しないだろう。玉座さえ守れるならそれ以外は何だっていいのだ。

ベルベットが周りのプレイヤーを連れて目の前から消失し、代わりにリリィの召喚兵がその場を埋め尽くす。

倒しても倒しても際限なく湧いてくる兵士達が肉壁となって、メイプル達の行手を阻む。

そして文字通り何より大きな壁となっているのが町を守る外壁だ。全員がそれを飛び越えることはできない。耐久値の低い門周りを破壊することで大穴を開ければ全員で突入できるが、兵士の壁がそう簡単には壁に張り付かせない。

「【聖竜の光剣】！」

「【傀儡の城壁】」

ペインが兵士ごと壁を攻撃すると、正面の兵士が再構築され代わりに受け止めてしまう。

数を増した兵士による分厚い防壁は砕けるが、壁にはダメージが入らない。

火力を少しでも下げるため、後衛に死も覚悟のうえでのギリギリの攻撃を仕掛ける敵プレイヤーからユイ達を守りつつクロムは隙を窺う。できることならユイを無事に壁まで届けたい。

全員に僅かな焦りが浮かぶ中。後方、凄まじい火柱が空へ届く。その場を見ずとも分かる。あれは間違いなくミィによるものだ。

「サリー、どう思う！」

「ちょっとまずいかもしれないです」

フレデリカを中心に残ったプレイヤーが防衛を担ってくれているのは分かったうえで、これまでに見た以上に大規模なミィの炎とベルベットの参戦は、守り切れると言い切れなくする。

「どうしよう、戻った方がいい⁉」

メイプルなら【機械神】を使って空を飛べば間に合う可能性は高い。しかし。

「メイプルは攻めないと。皆もダメージカットとその武器に支えられてるしね」

「カナデ……」

メイプルが頭上に展開する巨大な黒筒。定期的に前方にレーザーを放つ【古代兵器】は召喚兵の撃破に欠かせない。

「でも……大丈夫かな？」

「なら一つ聞きたいことがあるんだ」

カナデは本棚から一冊の真っ白い本を取り出す。

「僕一人なら戻れる。戻ってては来られないけどね」

つまりカナデは【楓の木】のギルドマスター、メイプルに聞いているのだ。

戻って時間を稼げば勝ってくれるかと。

「任せて！　私頑張るよ！」

「オッケー。じゃあやってみよう。実際心配だしね」

カナデのスキルを全て覚えたサリーもやろうとしていることを理解する。

「こっちは壁さえ壊せれば行ける」

町に雪崩れ込めば移動経路にも自由が生まれる。足止めも今ほどは機能しにくくなる。

「なら俺も戻るか。もう一個方法あるだろ」

クロムは城攻めにそこまで大きく貢献できない。戻れるなら自陣まで戻りたい。

方法を選ばなければやりようはある。

「それって、そういうことよね」

「私はいつでも大丈夫です」

六人は素早く意見を交わして、辺りの大盾使いにも声をかける。

どこまでのリスクを許容し、作戦の最終目標を何にするかを決定して、六人は即座に行動に移す。

躊躇している余裕はない。

戦場を上から眺めるリリィは後方で不審な動きを見せる【楓の木】の面々を確認した。

カナデの足元からは白い魔法陣が展開され、イズが取り出した巨大な黒い球体にプレイヤーが次々に乗り込んでいく。

「あれは……」

何をしているかリリィには正確に理解できないが、何かを企(たくら)んでいるのは間違いない。

リリィは兵士を差し向け、それに合わせて周りのプレイヤーも次々に突撃する。

「止めるよ、メイプル！」

「うん！【捕食者】！」

イズは先に集団の中へと避難し、メイプルとサリーは準備が済むまで詠唱中のカナデと乗り込むクロム達、そしてその前に立つユイを守る。

「【攻撃開始】！」

「朧(おぼろ)【影分身】！」

「ぐっ……」

「怯(ひる)むな！」

メイプルの射撃を潜り抜けた【ラピッドファイア】の面々には【捕食者】が襲い掛かる。

中途半端に逃げても勝てはしない。そもそも、もう既に役割は逃げて生き残ることではないのだ。

ダメージを受けるプレイヤー、崩れ落ちる召喚兵、その全てを盾にして全方位からユイとカナデに殺到する。

貫通攻撃も構えて【身捧ぐ慈愛】を使うなら代わりにメイプルを倒せるように。

しかしその直前でカナデとユイの準備も完了する。

「うん。じゃあ勝ってね、メイプル！」

「任せて！」

「【テレポート】」

光と共にカナデの姿は消失する。

その隣で大槌を構えるのはユイだ。

「クロムさん！　よろしくお願いします！」

振りかぶった大槌をイズの用意した球体に強く叩きつける。

轟音、衝撃。中に大盾使いを詰め込んで救援部隊は空を飛ぶ。決行前にかけられるだけかけたバフは全てを振り切りクロム達を空の彼方へ吹き飛ばした。

しかし打ち上げがユイにしかできない分、残されるユイにプレイヤーが殺到する。

ユイでは全ての相手はできない。何もしなければ死ぬしかない。

それでも、ユイにはあと一つ大仕事が残っている。両手の大槌を握り直して、振り返りながら聳える壁を見据えた。メイプルとサリーなら守りにくる。残り時間も天秤にかけたうえで、その考えを逆手に取ると決めた。

「【古代兵器】！」

「【鉄砲水】」

　バキンと音を立ててメイプルの兵器が変形する。消費エネルギーに見合った最大火力。メイプルが前方の兵士を吹き飛ばすと、続くサリーの生み出す水が兵士のバランスを崩し押し流す。

　再召喚までの僅かな時間。しかし、そこに確かに遮るもののない一本の道はできた。

「【ウェポンスロー】！」

　ユイはその一瞬を見逃さず、両腕に力を込め【救いの手】が持つ大槌と共に八つの鉄塊を放つ。

　エフェクトによる軌跡を残して、正面の外壁に武器が直撃すると同時、回避も応戦も選択しなかったユイを刃が斬り裂く。

　それでも、空にクロム達を打ち上げた時と比べ物にならない轟音。

　ユイの放り投げた武器は、一人のプレイヤーによるものとは思えぬ威力で破城槌の役割を果たした。聳え立った外壁は正面から爆(は)ぜ、舞う砂煙の向こうに守られていた町並みが見える。

　ここにメイプル達の進む道はできた。

「あとは、頑張ってくださいっ！」

　勝利に大きく近づく一手。兵士を倒しその勢いのままに壊れた外壁を越え、町へ駆け込んでいくプレイヤーを見て、ユイはほっとした様子で消滅していった。

壁さえ壊せればプレイヤーだけでなく、モンスターも入り込める。

ついに侵入した城下町。高台に建つ王城まで伸びる長い大通りにリリィの召喚兵がひしめき合う。

【全軍出撃】による兵士出現ポイントは町の中にも設置されていた。

自分達の戦力を分析し、負ける可能性が高いと冷静に判断しての事前準備は、確かに敗北までの時間を引き延ばしていた。

制御下にあるわけではないモンスター達はメイプル達を押し退けると、路地を駆け、屋根の上を飛び移って我先にと王城へ向かう。

そんなモンスター達はあちこちで痺れ、貫かれ、爆散して消滅していく。

「潜んでるぞ！」

「トラップも仕掛けられてる！　気をつけろ！」

あちこちで注意喚起の声が上がる。トラップに物陰を活かした奇襲。大規模戦闘をしていた平地と比べれば城下町は少ない人数でも戦える地形だ。自由に進むためには細かいクリアリングが必要になるが、そんな余裕はない。

「イズさんっ！」

「強行突破します！」

「分かったわ、とっておきを見せてあげる！」

イズはインベントリを開くと一つのアイテムを取り出す。それは複数の支柱によって地面に固定され、空に巨大な砲口を向ける大砲だった。

「3……2……1……！」

凄まじい爆発音と共に大砲が火を吹き、空に赤く輝く砲弾を打ち上げると、崩壊し光となって消滅する。砲弾は一発限り。製作にも長い時間と多くの素材を使う贅沢なアイテムだ。

壊れてしまうといえど、アイテムは使ってこそ輝く。少しして砲弾は空中で爆発すると、いくつもの小さな赤い輝きとなって地面に向かって降り注ぐ。超広範囲、かつ無差別攻撃。細かい制御は不可能な、いつも通りのイズの攻撃だ。

「防御してくれ！」

「「【大規模魔法障壁】！」」

アイテム由来の攻撃に敵味方の判別などない。味方も防御しなければ、とてつもない被害を受けてしまう。全員を守るように障壁が展開された直後、爆炎と衝撃波が襲い掛かる。

衝撃で発動するトラップは起動し、隠密に専念し攻撃に気づかなかったプレイヤーは致命傷を負い、駆け回っていたモンスターも残念なことに地面に横たわる。それでも城下町のあちこちを炎上させ、召喚兵の数も減らすことに成功した。

「流石イズさん！」

「助かります」

「ペインに続いて大丈夫よ！　私はもうたいしたことはできないもの」

こちらを気にするより王城を目指すこと。メイプルとサリーは遠くに見える城に向かって炎上する大通りを駆け出した。

◆□◆□◆□◆□◆

メイプル達が町に侵入した頃、カナデがギルドホームの扉を開けて中から飛び出してくる。

「まだ町は無事か……」

【テレポート】は使用者がギルドホームにワープできるだけのスキルだ。ようは町に戻れるだけなのだが、今回はそれがプラスに働いた。

最速で町へ戻ったカナデは、戦いの痕跡のない城下町を見てミィとベルベットがまだ来ていないことにほっと息を吐く。

【楓の木】は外壁近くにギルドホームを構えている。カナデが外の様子を確認しに行こうと外壁とフィールドを繋ぐ門の方へ向かうと、ちょうどフレデリカを抱えたプレイヤーが転がり込んできた。プレイヤーの数も随分減っているようで、後から駆け込んできた生き残りを含めても、フレデリカと共に防衛に向かったプレイヤーの三分の一も残っていない。

「フレデリカ！　そっちは？」

カナデが駆け寄って声をかけると、フレデリカは驚いて目を丸くする。

「うぇっ⁉　カ、カナデ？　どうやってー……っていうかここまずい……！」

フレデリカが言い切るよりも先に、外壁が赤く発光し、バターのように壁を溶かしながら炎が噴き出す。

「間に合ったか」

縦に大穴の開いた外壁からミィが姿を現す。その身に宿していた炎は壁を焼き切ったのを最後に勢いを失ったものの、それでもメイプル達が破壊するのに手間取った最後の壁を容易く破壊したのは事実だ。

そこから次々にプレイヤーが雪崩れ込む。

「あとは城へ行くだけっすね！」

「ああ」

【thunder storm】と【炎帝ノ国】を中心とした連合軍。逆側で攻め続けるメイプル達より人数は少ないものの、それでも城を落とすに足る数だ。

「フレデリカ、籠城して」

「どうする気」

「稼げるだけ時間を稼ぐよ。それに……巻き込んじゃうしね」

カナデは本棚から黒い表紙の魔導書を取り出す。

「じゃあ近くの人も回収してく、勝っちゃってもいいよー？」

「はは、どうかな」

フレデリカが離れていき、敵軍も町への侵入を済ませてこちらへ向かってくる。

それを見てカナデは【魔導書庫】を手に入れた日から、長い間ずっと本棚にしまっていたその魔導書を開いた。

「【禁術・災禍の嵐（あらし）】」

急速に空が曇り、生まれた雲が渦を巻く。辺りを駆け巡る味方をも焼く漆黒のスパークは周りの家屋を破壊し、黒い炎を撒（ま）き散（ち）らす。

誰（だれ）も見たことのないスキル、敵もここまで来てしくじるわけにはいかない。目の前の明らかな脅威に無理に突っ込める程、勝利との距離は近くないのだ。

「これね。面白い魔法でさ、スキルと魔法を使うほど威力が増すんだ」

「「……！」」

真偽は定かではない。本当か嘘（うそ）か、それはその身で確かめてみろとカナデが背後にぎっしりと魔導書が詰まった本棚を顕現させる。

「出し惜しみはなしでいくよ」

そう宣言したカナデの背後の本棚から、大量の魔導書が飛び出し、夥（おびただ）しい数の魔法陣が展開される。

「まったく【楓（かえで）の木】は……」

「本当に化物揃いっすね！」

吹き荒れる風に湧き出す水、即死をもたらす黒い霧から、状態異常をばら撒く呪い。

それら全てが切り札で、同時に頭上の嵐の餌なのだ。凄まじい速度で進むスキルカウント。激しさを増すスパークと燃える黒炎は最早ミィとベルベットが操るそれとも遜色ない。

「気合入れていくっすよ！」

「撤退はない、勝つぞ！」

「「「おおっ！」」」

元より全て踏み越えるつもりでここへ来たのだ。

ミィ達もまた全力で目の前に立ちはだかる脅威、カナデの撃破に向かうのだった。


防衛のことは完全に任せて、メイプル達は敵拠点中央を突き進む。

「【水の道】！」

「【古代兵器】【攻撃開始】【滲み出る混沌】【毒竜】！」

自爆すると周りを巻き込んでしまう為、サリーの助けを受けて空へ伸びる水の道を通り高度を稼ぐ。そうして開けた視界でもってメイプルは辺りに攻撃をばら撒いた。

範囲攻撃はメイプルが得意とするところだ。大通りの両側を毒で塗りつぶし、前方は二種類の火器を中心とした攻撃で焦土に変える。

【救済の残光】による持続回復とダメージカットで安定感は増しているものの、それでもここは敵地のど真ん中。降り注ぐ魔法が一人また一人と味方の命を奪っていく。

されど侵攻は止まらない。最後にただ一人味方が王城最奥の玉座にたどり着ければそれでいいのだ。

「レイ！」

「俺達も飛ぶぞ！　飛べるやつはついてこい！」

高台に建つ王城へ続く唯一の道は長い長い階段だ。陣形も縦長にならざるを得ないため、空を飛べるプレイヤーは空から王城を目指す。

空へ舞い上がり先行して王城入口前の広場を確認すると、そこには銃を持った兵士をずらっと並べて地面に旗を突き立てるリリィがいた。

「悪いけど、落ちてもらうよ。【追加招集】！」

ペインが警戒する中、光り輝いたのは階段だった。

「うおおっ⁉」

「きゃっ！」

階段を駆け上がる途中、その足元から兵士が召喚される。

「わわっ！」

「メイプル！」

サリーは素早くメイプルを糸で救出し、空中に透明な足場を作り避難する。しかし、全員は助けられない。兵士はプレイヤーを次々に突き上げ、バランスを崩した者を遥か下へと転落させる。

地形を活かした一対多。召喚兵を操るリリィだからこそ、想定の外側から一瞬の隙をつくことができたのだ。

ガシャッと音がして、兵士達が一斉に銃を構える。

「【貫通弾装填】！」

「メイプル、貫通攻撃が来る！」

大量の落下死を防ぐ為、【身捧ぐ慈愛】を発動しようとしたメイプルに、リリィのスキルを確認したペインから声がかかる。

兵士の数だけ銃弾が放たれるなら、貫通弾の数は相当なものだ。【ピアースガード】のタイミングを考えて、そのうえで【身捧ぐ慈愛】を、そんなことを考えてもメイプルはサリーではない。ここまで複雑な状況で適切なタイミングを図るのは難しい。

そんなメイプルの迷いを知ってか知らずか、落ちていくプレイヤー達から声がかかる。

「構うな！」

「どうせ落ちたら追いつけねえ！」

「だから……」

落下死するくらいなら。この命を有効活用する方法がたった一つだけある。

「「喰ってくれ！」」

「……！　サリー！」

「【鉄砲水】【氷結領域】！」

メイプルは皆の意図を、サリーはメイプルの意図を瞬時に理解する。

サリーがまだ落ちていないプレイヤーを噴き出した水を凍らせて作った足場へ避難させると、メイプルは【身捧ぐ慈愛】のかわりに別のスキルを発動する。

「【再誕の闇】！」

それは黒。地面を伝い広がっていく黒い泥。メイプルを中心に、高度を無視して地面に広がる闇は遥か下の地面をも黒く染め上げた。

落下中、逃げ場のないプレイヤー達に向かって飛ぶ銃弾を何とか凌いだところで、彼ら彼女らに地面が近づく。

その後感じたのは落下の衝撃ではなく、全員を優しく受け止めてどこまでもどこまでもずぶずぶと沈めていく、底なし沼のような闇。

落ちていったプレイヤーは百か二百か。その分だけ、地面からずるりと異形が這い出てくる。

「皆！　お願いっ！」

メイプルのお願いを聞いて、人だったものは積み重なるように生まれてくる異形を乗り越え、壁に鉤爪をかけて王城へ向けて崖をよじ登る。

そうして、リリィの目の前にプレイヤーの成れの果てが顔を出した。

「はは。まさか生きている内に魔物に滅ぼされる王国の登場人物になれるとはね！　思ってもみなかったよ」

入口前の柵や噴水を破壊して迫る異形を目の前に、リリィは城の中へと退避する。

限界まで時間を稼ぐ、そのため玉座の間に向かったのだ。

異形達はその巨体故にスペースを失い落下することもあれど、王城の壁を突き破り、窓を割り、外から順に城を破壊していく。

城から炎と黒煙が上がる。終わりの時は近い。


カナデが守る王城前。弾ける黒いスパークは辺りの建物全てを瓦礫に変えて、城下町を荒れ果てた更地へと変貌させていた。

「【灼熱】」

「【紫電】！」

「【超加速】【スロウフィールド】【破壊砲】！」

加速と減速により広がった速度の差。カナデはミィとベルベットの攻撃を避けると、災禍の嵐を縫って突っ込もうとする敵前衛から距離を取り、逃げ遅れた一人を白く輝くレーザーによって葬る。

「本当、何でも持ってるっすね！」

「うん。何でもじゃないけどさ。【死神の鎌】」

カナデが宣言するのに合わせてベルベットの首に血に汚れた鎌があてがわれる。

「っ！」

「流石、反応速いね」

鎌が引かれベルベットの首をかき切る直前、上体を反らして攻撃をかわす。

予測不能なら、反応で避ける他ない。

「ミィさん。このままやってても仕方ないです！」

「ベルベット。アンタが詰められるなら隙を作るが、どうだ？」

それぞれのギルドメンバーからの提案を受けて、二人はリスクを負っての攻めを決断する。

カナデの漆黒のスパーク。それがいつまで続くかは分からない。時間をかけている余裕はあまりなく、カナデとずっと戦っているわけにはいかないのだ。

「【エレキアクセル】！」

ベルベットが周りの味方を加速させ、複数人で、カナデに向かって一直線に駆ける。

ミィはイグニスに乗り空へと舞い上がった。

「【大自然】！　【トルネード】！」

カナデは巨大な蔓で動きを制限し、竜巻を引き起こす。足を止めれば、漆黒のスパークはその身を焼くだろう。しかし、それはカナデにとっても同じこと。対面しているのは雷の雨を操るベルべットだ。範囲内に入ることは避けたい。

「【カバームーブ】【カバー】！」

駆け抜けるベルベットを庇ったプレイヤーが、風に飲まれ漆黒のスパークで全身が発火する。

「助かったっす！」

ベルベットは短く礼を言ってカナデへと接近する。カナデを倒すことが庇ってくれたプレイヤーに報いる唯一のことだ。

「【疾駆】【超加速】！」

ベルベットが急加速しカナデを稲妻の雨の範囲内に捉える。

「【大規模魔法障壁】！【グランドランス】！」

「【パリィ】！」

障壁で稲妻を受け止め、大地から突き出す岩の槍でベルベットを牽制する。

しかし、ベルベットはスキルによってカナデの攻撃を無効化し最後の一歩を踏み出す。

「【渾身の一撃】！」

「【ブリンク】」

「んんっ!?」

残像をその場に置いてカナデは後方へ移動する。

ベルベットの拳は空を切るが、逃げたカナデを囲い込むように魔法が放たれる。

「「「【紅蓮波】！」」」

【炎帝ノ国】らしい炎の波。プレイヤーの数は三分の一程減っただろうか。それでも、強力な魔法が振るえるだけのプレイヤーは健在だ。

しかし、強力な魔法とはいえ、距離が離れていることもあって避けられないほどではない。

余裕を持って回避し、炎の波が残る中、ベルベットの雷の雨に注意を向ける。

「【轟雷】！」

ベルベットから拡散する雷の柱。スキルの硬直を狙い、隙間を縫うように移動し、こちらもスパークでもってベルベットを守るプレイヤーを焼却する。ただで勝つなどできはしないとベルベット達も認識している。これは勝つために戦略のうえ犠牲になると心を決めた者達だった。

「【火炎牢】！」

「……！」

複数の範囲攻撃で逃げ場をなくし、全く攻撃してこないミィから意識がそれたその一瞬。作り出した巨大な炎の牢獄がカナデを閉じ込めた。

「無敵は……ないね」

カナデの記憶に間違いはない。故にこの状況を打開するスキルがないことも分かっていた。じりじりと燃える体と減っていくＨＰを見つつ、ここまでかと笑みをこぼす。

「うーん、サリーくらい上手く動けたら勝てたかもなあ」

「あんなことできる人が二人もいたら困るっす！」

「ふふ、それはそうだね」

それでも時間はある程度稼げたと、あとはメイプル達を信じてカナデは消滅する。

「行くっすよ！」

ベルベットが先頭を走り、王城へと向かう。

カナデが誰一人踏み入れないような領域を展開していたこともあり、近くには誰もいない。

「ミィ！　先制攻撃したいっす！」

「分かった。王城内部のプレイヤーは私が焼こう」

「手前は私がやるっすよ！」

カナデが倒されたことを認識したプレイヤーが王城から少しでも遠くに釘付けにすべく魔法攻撃を開始する。

「【過剰蓄電】！」

次に電撃が使えなくなる頃には、このイベントにも決着がついているだろう。全力を解放したベルベットの上空に稲妻が輝き、雷神の力が振るわれるその時を待つ。

「【電磁跳躍】！」

万に一つも逃さない。その気概でベルベットは前へ飛ぶ。

「【雷神の槌】！」

天地を繋ぐ稲妻の柱。何とか防御しようとスキルを切る中、【thunder storm】のギルドメンバー達は躊躇なく突撃する。

ギルドマスターたるベルベットの強みと、それを活かした戦い方は体に染み付いている。

「おらあっ！」

「そっちだ、逃すな！」

「ぐっ……」

「くそっ……」

雷に飲み込まれたプレイヤーは生き残っても視界を奪われる。その隙に無敵で耐えたプレイヤーに急接近して撃破するのがベルベットとの基本的な連携だ。

光が収まった時、そこに生き残ったプレイヤーはいない。元々そういうスキルと連携なのだ。一度目にあれほど綺麗に躱されたことがレアケースなのである。

範囲外まで逃げているなら、玉座に向かうベルベット達には追いつけない。帰りのことなどどうだっていい、それならば後ろから遅れて追ってくるプレイヤーは倒したのとそう変わらない。

「流石っす！　やっぱり頼りになるっすね！」

「言ってる暇ねえぞ、ほら行け！」

「分かったっす！」

ベルベット達は階段を駆け上がり、王城を目指す。一足先にイグニスに乗って高台の上まで来たミィは不死鳥の炎を身に纏う。

「【我が身を火に】……【インフェルノ】！」

迸る炎は入口前を焼き払い、扉を燃やし尽くして、王城内部を駆け巡る。近くの部屋全てを業火につつむミィの攻撃に逃げ場などありはしない。射程内にいれば問答無用で消し炭になる。

今はクリアリングに割く時間すら惜しいのだ。

「ミィ！　入るっすよ！」

「ああ、最短ルートで行く！」

城の構造は頭に入っている。通路を走り、階段を抜けて、曲がり角を曲がる。

その瞬間。

「【多重炎弾】！」

「【カバームーブ】【カバー】！」

「あー、それで倒れてくれればなー」

奥には玉座の間、左右には他の部屋へと続く通路が何本も伸びる一際広い通路でフレデリカは待っていた。しかし、ただ待っていたわけではない。

自らの前にクロムを含む大盾使いを並べて待っていたのである。

「何でいるっすか⁉」

「はは……快適な空の旅だったぜ」

ユイの打ち出した鉄球はきっちりと王城付近に着弾した。あとはカナデの稼いだ時間でひた走る。

カナデの粘りのお陰で、何とか最終局面に滑り込んだ。

「しぶとくやらせてもらう！　ネクロ、【バーストフレイム】！」

「【多重炎弾】！　ノーッ【増幅】【輪唱】！」

「『【カバー】！』」

クロムとフレデリカが放った炎を受け止めて、敵の大盾使いが火に包まれる。

まともに回避に使えるスペースはない。だがそれはクロム達も同じだ。

「【紫電】！」

「【蒼炎】！」

「『『【カバー】！』』」

通路全てを埋めるような炎と雷。それはまともに受けられるようなものではない。少しでも時間を稼ぐため、一人を犠牲に一人を庇う。攻撃の度、人数は半分になるが、これで限界までダメージ源であるフレデリカを守れる。

「【電磁跳躍】！」

「『【超加速】！』」

「すり抜けだけ気をつけて！」

身体を張って突っ込んでくるプレイヤーを押しとどめる。

クロムはベルベットの前に立ち、大盾を構え、短刀を振るう。

「【重双撃】【連鎖雷撃】！」

「ぐっ……！」

二連撃を大盾で受けた所に弾ける雷がクロムのＨＰを吹き飛ばす。

「【紅蓮波】」

「【豪炎】！」

「クロム！」

「【精霊の光】【カバー】！」

ダメージを無効化し、フレデリカを庇いながら襲いくる炎の波を凌ぐ。しかし、炎を貫いて飛び込んできたベルベットが無敵時間が終わると同時に鋭い拳を叩き込む。

「【多重回復】！」

「くっ……運がねえな」

盾でベルベットを撥ね飛ばし、クロムは苦い顔をする。一度目の【デッド・オア・アライブ】は発動せず、【不屈の守護者】が使われる。

「押し込むっすよ！」

「ネクロ【死の重み】！」

「【多重炎弾】【多重風刃】！」

「構うな！」

フレデリカの魔法が多くのプレイヤーの命を刈り取る。それでも怯まず魔法を打つことでフレデリカを守る大盾使いも次々に沈んでいく。

「【渾身の一撃】！【放電】！」

ここさえ越えれば終わりだと、ベルベットはクロムの盾を避けるようにサイドステップを踏み、重い拳でクロムを吹き飛ばすと、魔法による火力支援と合わせて一気にＨＰを持っていく。

壁に叩きつけられたクロムに襲いかかるのは、ベルベットの雷による多段ヒットダメージ。

【デッド・オア・アライブ】によって複数回耐えて、しかしクロムは視界が暗くなっていくのを感じる。

「ったく、いい対策してるぜ……」

クロムが消滅していく中で、残るフレデリカにミィの火球が迫る。

「【炎帝】！」

「た、【多重障壁】！」

「もらったっす！」

「しまっ……！」

ミィの攻撃を捌くために障壁を使用した所にベルベットが滑り込む。身体を横から殴りつけて右へと吹き飛ばす。

純粋な魔法使いであるフレデリカではその攻撃に耐えられず、そのまま並ぶ甲冑を巻き込んで動かなくなる。

目の前には玉座。先頭にいたベルベットはそのまま駆け出した。

水と自然の国。崩壊する王城の最奥。玉座の間でリリィは兵士を呼び出し、最後の防衛に当たる。メキメキ、バキバキ。響くはずのない音と共に、壁が破壊され正面から異形が姿を見せる。

先頭はペイン、サリー。続く異形までリリィが倒すのは不可能だ。

「【断罪ノ聖剣】！」

「【超加速】！」

細かいやりとりなどもう必要ない。ペインは召喚兵を吹き飛ばし、サリーが駆け込む。

「【再生産】【傀儡の城壁】！」

物理的な壁を生み出すことでリリィは少しでも時間を稼ごうとする。

「朧【神隠し】！」

サリーはただ一人朧のスキルで消失することによってその壁をすり抜ける。

この旗でただ一撃当てられるなら。リリィはその手の旗を強く握り、しかしそれが不可能であることを確信する。

「【覚醒】【権能・劫火】！」

リリィはふらつきながら、狭い空間を炎で埋めにいく。サリーといえど、スペースなしには避けられない。

「【跳躍】！」

炎が溢れるよりも早く、サリーは跳んだ。

リリィの頭上をすり抜けて玉座に向かう。

「それくらい……！」

炎が辺りを燃やす。頭上のサリーが本物でないのなら、燃えて死んだはずだ。

気力を振り絞り、槍を突き出す。

「【変わり身】！」

「なっ……！」

入れ替わったのは黒い鎧の少女。リリィが突き出した槍は正確に胸に直撃する。

しかし、ダメージは与えられない。

防御極振りのその体は槍に突かれた勢いのままに、玉座へと転がり込んで停止する。

その直後激戦の末に鳴り響いたファンファーレは、メイプル達の勝利を告げるものだった。

「あと一歩だったんすけどね」

ベルベットは悔しそうに玉座の一歩手前でコンコンと目の前の障壁を叩く。

それは壁となって、飛び込もうとしたベルベットをほんの一瞬足止めした。

振り返ったベルベットの目に映ったのは、ＨＰ１で地面に転がって杖を向けるフレデリカだった。

「なーんで生きてるんすか？」

「はー、はー……私の運がいいからかなー。あとクロムのお陰ー」

「むぅ、本当にしぶとかったってことっすか……」

クロムは消滅間際、【伝書鳩】でフレデリカにスキルを一つ渡した。それは【デッド・オア・アライブ】。耐えることなどできない攻撃にフレデリカが耐えられるように。そしてフレデリカはそのスキルを前提として、発動エフェクトを隠すため甲冑を巻き込むように移動したのだ。

運にも頼り、全てを振り絞って稼いだ一瞬は戦いの結果を左右した。

こうして迎えたイベントの終わりと共に、全員が光に包まれ通常フィールドへ転移していく。

「残念だが、いい勝負だった。次は勝ちたいものだな」

「次は、ドレッドとドラグにもっと働いてもらわないとー……」

「楽しかったっす！　でも、勝ちたかったっすね……！」

感想はまた後で。その場にいるプレイヤーを包む光は強まって、ここでイベントフィールドから姿を消したのだった。

逆側では激戦で疲れた様子のメイプルがゆっくりと玉座から起き上がる。

「いい勝負だったね。強かった、皆を落としたのは失敗だったな」

消滅していく異形の姿を見つつ、【権能】の使用でぐったりとしたリリィはメイプルに話しかける。

「【身捧ぐ慈愛】を使おうとしたんですけど、こっちにしろーって言ってくれて」

「あー……そっちにしてくれていれば勝てていたかもしれないな」

「メイプル、ナイスー！」

「いい攻めだった。ナイスプレイだ」

「あ、サリー！　ペインさん！」

「メイプルちゃん、上手くいったのね！」

「イズさんも！　えへへ頑張りました！」

こちらもまた徐々に光が強まっていく。やはり、感想はまた後日といった所だろう。

「次までに私も満足に【権能】を使えるよう、トレーニングしておくか……」

「うぅ、その時は味方でお願いします」

「ははっ、そうだね。考えておこう」

最後にリリィと言葉を交わして、メイプルの視界は光に包まれていくのだった。

あとがき

ふと目について十五巻を手にとってくださった方にははじめまして。既刊から続けて読んでくださっている方には応援し続けてくださったことに深い感謝を。どうも夕蜜柑です。

さて、今回話したいことは一つです。そう、防振りのＴＶアニメ二期がついに始まりました！

長かったような、あっという間だったような。またいきいきと動きまわるメイプル達を見ることができるとは、一期が放送されていたころには想像もしていなかったことでした。

皆さんの応援の力で、二度とないと思っていた夢のような時間をまた与えてもらいましたから、私も全力で楽しもうと思います！　一期のころから、メイプルも随分成長しましたから……あのシーンや、あのシーンなど、動いているのを見るのが楽しみです。

ふふ、あまり詳しくは言えませんから、皆さんもぜひその目で見てくださいね。

ＴＶアニメを目一杯楽しんでいただければそれ以上に嬉しいことはありません！

一つでも多く、感想を聞かせてくださいね！

そして、いつかの十六巻でお会いできる日を楽しみにしています！

夕蜜柑

カドカワBOOKS

痛(いた)いのは嫌(いや)なので防御力(ぼうぎょりょく)に極振(きょくふ)りしたいと思(おも)います。15

2023年1月10日　初版発行

著者／夕蜜柑(ゆうみかん)

発行者／山下直久

発行／株式会社KADOKAWA

〒102-8177
東京都千代田区富士見2-13-3
電話／0570-002-301（ナビダイヤル）

編集／カドカワBOOKS編集部

印刷所／大日本印刷

製本所／大日本印刷

本書の無断複製（コピー、スキャン、デジタル化等）並びに
無断複製物の譲渡及び配信は、著作権法上での例外を除き禁じられています。
また、本書を代行業者等の第三者に依頼して複製する行為は、
たとえ個人や家庭内での利用であっても一切認められておりません。

※定価（または価格）はカバーに表示してあります。

●お問い合わせ
https://www.kadokawa.co.jp/（「お問い合わせ」へお進みください）
※内容によっては、お答えできない場合があります。
※サポートは日本国内のみとさせていただきます。
※Japanese text only

©Yuumikan, Koin 2023
Printed in Japan
ISBN 978-4-04-074812-2 C0093

新文芸宣言

かつて「知」と「美」は特権階級の所有物でした。

15世紀、グーテンベルクが発明した活版印刷技術は、特権階級から「知」と「美」を解放し、ルネサンスや宗教改革を導きました。市民革命や産業革命も、大衆に「知」と「美」が広まらなければ起こりえませんでした。人間は、本を読むことにより、自由と平等を獲得していったのです。

21世紀、インターネット技術により、第二の「知」と「美」の解放が起こりました。一部の選ばれた才能を持つ者だけが文章や絵、映像を発表できる時代は終わり、誰もがネット上で自己表現を出来る時代がやってきました。

UGC（ユーザージェネレイテッドコンテンツ）の波は、今世界を席巻しています。UGCから生まれた小説は、一般大衆からの批評を取り込みながら内容を充実させて行きます。受け手と送り手の情報の交換によって、UGCは量的な評価を獲得し、爆発的にその数を増やしているのです。

こうしたUGCから生まれた小説群を、私たちは「新文芸」と名付けました。

新文芸は、インターネットによる新しい「知」と「美」の形です。

2015年10月10日
井上伸一郎